추억은, 별 미

요리선생 라자냐가 글로 차려낸 식탁

추억은, 별미

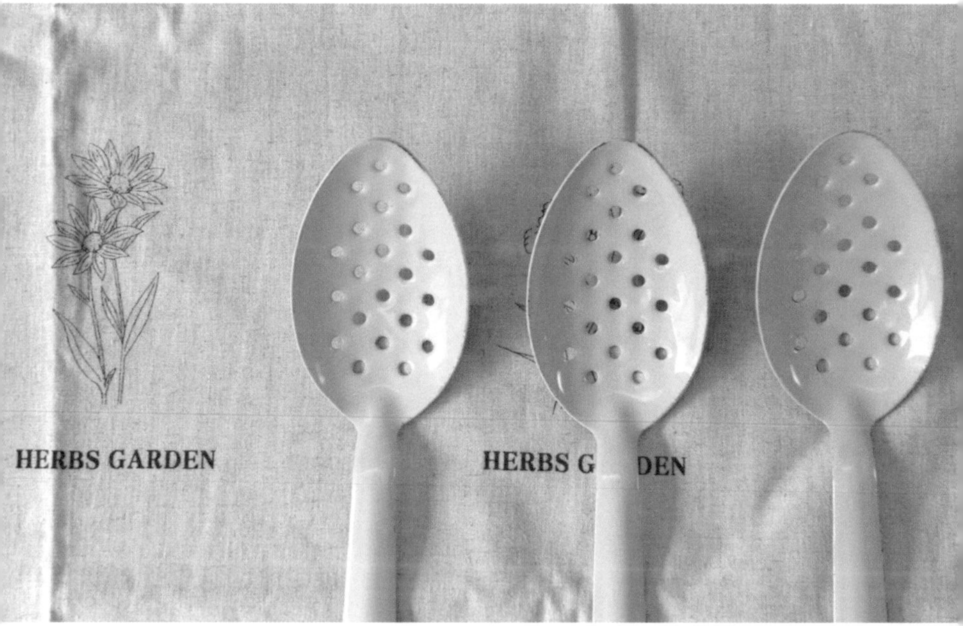

글 / 강선옥 사진 / 박재진

어서 오세요, 라자냐의 키친입니다

한동안 비워뒀던 부엌의 문을 열었다.

어두운 긴 터널을 끝없이 걷고 또 걸어

이제야 가까스로 도착한 기분이었다.

나의 부엌이 행여 낯설면 어쩌나 걱정을 했다.

다시 돌아온 부엌은 여전히 참 작았으나 다정하다.

어딘가에 기름때가 늘 조금씩 눌어붙어 있는 나의 부엌은

딱히 갖춰진 것은 없지만 그렇다고 부족할 것도 없다.

나의 키에 맞춘 조리대와

내 손에 익숙할 만큼만 닳은 칼과 도마,

내가 없는 동안 쌓인 먼지쯤은 대수롭지 않다는 듯

씩씩하게 돌아가고 있는 두 대의 냉장고.

당장이라도 아홉 명분의 밥은 가뿐히 지어낼 수 있다.

커다란 창으로 비쳐든 환한 햇살이

노란색 벽지가 발린 부엌을 가로질러 달려와

와락 나를 안으며 반긴다.

오랜만에 찾은 부엌에 서서 나는 진정한 행복을 느꼈다.
따뜻하고 충만했다.
내 부엌엔 평화롭고 먹음직스러운 기억들만 깃들어 있다.
어쩌면 내가 아기였을 때 엄마의 배 속도 이렇게 노랗지 않았을까.
나는 나의 노란색 부엌에, 아마도 엄마의 배 속에서 그랬을 것처럼
몸을 웅크리고 앉아보았다.
그리고 알았다.
내가 앞으로도 여기에서 요리하고, 먹고, 마시며,
꾸준히 자라나게 될 것임을.

식도락 소녀의 심야식당 클래스

3월, 애탕의 맛

마음에 남은 치즈 한 조각

시끌벅적 바비큐 파티

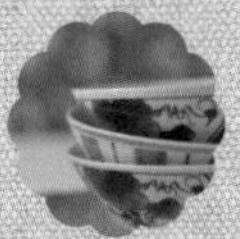

달콤한 인생에 필요한
약간의 소금

동네 술친구를 찾습니다

동네에 술친구가 있었으면 좋겠다.

어디 멀리 나가지 않아도 불쑥 전화해서 불러낼 수 있는 술친구. 목이 늘어난 면티에 앞머리에 핀을 꽂아 깻잎머리를 하고 나가 술 한잔 할 수 있는 친구. "거기서 만나" 하면 딱 알아듣고 동네 어느 모퉁이의 단골 술집을 바로 떠올리는 친구. 잠깐 나가서 정말 술 한 잔만 하고 들어와도 서운해하지 않을 친구. 동네를 지다나 우연히 마주치면 편의점 파라솔 밑에 앉아 맥주를 마실 수 있는 친구.

내 부엌에 편하게 놀러올 수 있는 술친구가 한 동네에 살았으면 좋겠다. 저녁때 반찬으로 먹고 남은 비엔나소시지가 있으면 와인 한잔 청할 수 있는 친구. 아스파라거스가 다 시들어가네. 그뤼에르치즈 좀 뿌려 구울 건데, 올래? 하고 물을 수 있는 친구. 테스트하다가 망친 요린데, 좀 짜네. 안주 삼아 먹지 않을래? 말할 수 있는 친구.

비엔나소시지와 와인이라는
당황스러운 마리아주와인과 어떤 음식과의 궁합를 비웃지 않고,
시들어가는 아스파라거스를 미안해하지 않으며 내줘도 서로 괜찮고,
내가 만든 요리들을 짜면 짠 대로 달면 단 대로
주는 대로 그냥 다 먹어주고,
이 불량식품 같은 메뉴의 구성이 정녕
요리선생의 소행이냐며 구시렁대지 않을 친구.
요리선생의 부엌에서 나 말고는 아무것도 바라지 않는 친구.

동네에 어디 그런 친구 없나?
여자는 됐고, 남자로.

파타야에서 맞닥뜨린 가장 특별한 국수

가끔 국수 한 그릇이 생각날 때가 있다. '꽤 맛있었지' 정도로 기억하던 그 국수는 종종, 내가 살면서 무언가를 이토록 그리워한 적이 있었는지 되짚어보게 할 만큼 간절히 다시 먹고 싶을 때가 있다.

그러니까, 정말 더운 여름날이었다. 세상 사람들 모두 피서를 떠나고 혼자 여름 안에 남겨져 휑한 도시를 쓸쓸하게 지키고 있는 것 같던 그때, 문득 정신을 차리고 보니 나는 늦은 밤 파타야에서 쏨땀파파야로 만든 타이식 샐러드을 주문해놓고 얼음을 탄 싱하맥주를 마시고 있었다. 어쩌다 지금 이 시간에 태국 파타야에 앉아 맥주를 마시고 있는지 이건 아마 꿈일 거다 싶었을 때, 내가 친구들의 골프 여행에 깍두기로 딸려왔음을 깨달았다. 초대 전화를 받자마자 설거지하던 고무장갑을 벗어던지고 여권만 달랑 든 채 슬리퍼 바람으로 공항으로 달려가 비행기에 답삭 올라탔던 것이다. 그리고 생각했다.

여행을 이렇게 떠날 수도 있구나.
광화문에 친구 만나러 가는 것보다 더 급하게,
아무런 준비 없이 올 수도 있구나.

날이 밝자마자 친구들은 골프 여행이라는 명목에 충실하게 새벽부터 초저녁까지 골프만 쳤다. 골프를 칠 줄 모르는 나는 또다시 세상 사람들 모두 골프를 치러 가고 혼자 여름 안에 남겨져 휑한 파타야를 쓸쓸하게 지켜야 할 상황이었지만, 사실 전혀 쓸쓸하지 않았다. 혼자 툭툭동남아시아의 삼륜 택시을 타고 쏘다니며 오묘한 맛과 향기로 가득한 태국의 슈퍼마켓을 구경하는 시간이, 패러세일링을 즐기는 사람들이 색색이 점처럼 박힌 상쾌한 하늘을 바라보는 시간이, 이국적인 분위기의 레스토랑과 바 사이를 느릿느릿 걷는 여유로운 시간이 수영복 하나 준비하지 못한 채 휴양지를 찾았다는 무색함을 모두 잊게 해주었다. 친구들이 나를 깍두기로 초대해준 덕분에 '공짜로' 파타야에 오게 되었다는 사실은 까맣게 잊고, 친구들이 오래오래 골프를 치고 아주아주 천천히 돌아와 되도록 나의 자유시간이 길어졌으면 좋겠다는 배은망덕한 생각을 했다.

내가 잊지 못할 국수를 만난 것은 파타야 해변 뒤편 한적한 골목에서였다. 내 인생에서 손에 꼽을 만한 맛을 만나기에는 조금 섭섭한 모양새를 한 그곳에서 작은 손수레를 세워놓고 국수를 팔고 있는 할아버지를 만났다. 파타야의 거리에서 길거리음식을 파는 노점을 숱하게 보았지만 그렇게 '특별하게 작은' 수레는 처음이었고 그렇게 '특별히 단출하게' 국수만 파는 경우도 처음이었다. 파타야라는 휴양지를 혼자 돌아다니는 '특별한 관광객'은 나밖에 없을 거라는 생각을(약간의 푸념을 더해) 줄곧 하고 있던 나는 할아버지한테 꼭 국수를 사 먹어야겠다고 결심했다.

그냥 맛있는 것으로 하나 말아달라고 했다. 할아버지는 익숙한 손놀림으로 재빨리 국수를 만들었다. 멍빈누들태국식 녹두 당면보단 두껍고 우리나라 당면보다는 얇은 투명한 국수에 피쉬소스 향기가 확 올라와 입맛 당기는 뜨끈한 국물을 붓고, 구운 닭고기와 생선으로 만든 어묵, 푹 고아 보드랍고 촉촉한 무, 그리고 고수를 듬뿍 올린 국수 한 그릇이 금세 내 손에 들렸다. 국수의 모양새를 보니 먹어보나마나 맛있을 것이 뻔해서 일단 웃음부터 나왔다. 등짝에 내리꽂히는 뜨거운 햇빛과 가만히 서 있어도 줄줄 흐르는 땀 같은 것은 다 잊고 그 뜨거운 국수를 숨 쉴 새도 없이 열심히, 정말 맛있게 먹었다. 그 모습을 지켜보던 할아버지가 내게 물었다.

"베트남 사람이니?"
"아니요, 한국 사람이요."
"그런데 실란트로를 잘 먹네."
"좋아해요."
"더 줄까?"
"네, 더 주세요. 음, 근데 할아버지, 이 국수 정말 맛있어요. 내가 먹어본 국수 중에 제일."
할아버지는 그냥 웃었다.
깍두기로 끼어 온 공짜 여행에서, 광화문에 친구 만나러 가는 것보다 더 급하게 떠난 여행에서, 이렇게 아무런 준비도 없이 떠난 여행에서, 잊지 못할 '내 인생의 국수'를 만나게 되리라고는 상상해본 적이 없었다. 다시 파타야를 찾는다고 해도 손님을 찾아 여기저기 떠도는 할아버지의 '특별히 작은' 손수레를 만나야 그 국수를 먹을 수 있을 테니 어쩌면 그날 먹은 국수가 내 인생에서 맛볼 수 있는 그의 국수 중 처음이자 마지막이었는지도 모른다.

삶에서 두고두고 기억하고 싶은 인상적인 순간들은 왜 그렇게 무방비의 상태일 때, 아무런 예고도 없이 찾아오는 걸까. 계획도 없이 떠난 여행, 생각 없이 걷던 한적한 골목에서 할아버지가 파는 국수를 맞닥뜨리게 되듯이, 행복한 순간들은 내가 만들어내는 것이 아니라 그저 닥치는 것일지도 모른다. 그리고 언젠가 다시 한 번 무방비의 상태에서 할아버지의 수레를 맞닥뜨리는 행운이 찾아온다면 그땐 조금 더 천천히 국수의 맛을 음미하며 그 행운에 감사하고 싶다.

달콤한 인생에 필요한 약간의 소금

초코칩이 콕콕 박혀 있고 형형색색 크림으로 장식한 예쁜 머핀은 설탕만 듬뿍 들어갔을 것 같은 달콤한 맛이 난다. 하지만 혀끝에서 녹아내리는 달콤함을 조금 더 완벽하게 끌어내기 위해서는 약간의 소금이 반드시 필요하다. 이 달콤한 머핀에 소금이라니!

달콤한 머핀을 위한 소금 약간,
달콤한 인생을 위한 눈물 한 방울.

드라마 속 어떤 여주인공을 기억하고 있다. 눈앞에서 연인의 죽음을 목격한 뒤 몇 날 며칠 아름다운 분홍색 드레스를 입은 채 화장실 바닥에 엎드려 있던 그녀. 그녀가 화장실에서 나와 맨 처음 한 일은 머핀을 만드는 것이었다. 누군가에겐 의외의 행동처럼 보일 수도 있겠지만, 외로움과 절망으로 가득한 텅 빈 집과 서늘한 마음을 머핀 굽는 향기와 온기로라도 채워보고 싶었을 그녀의 심정을, 땅속으로 몸이 빨려들어가는 듯한 슬픔의 늪에서 헤어나오기 위해 아무것이라도 해야 했을 그녀의 절박함을, 마치 그녀의 마음에 내 마음을 포갠 듯 그대로 이해한다.

그녀는 수백 개의 머핀을 굽고 또 구웠다. 집 안에 도저히 놓아둘 곳이 없을 만큼 굽고 나면 친구들에게 머핀을 나눠줬다. 친구들 모두 그 맛을 아주 만족스러워 하던 걸 보면 그녀의 머핀 굽는 솜씨는 수준급이었던 것 같다. 아마 그녀는 머핀의 맛을 완성시키는 마지막 2퍼센트가 소금이란 걸 알았을 거다.
그녀가 달콤한 머핀에 들어가는 소금의 의미를 아는 사람이었다면 수많은 머핀을 구우며 혹시 깨달았는지도 모르겠다. 섬세하면서도 우아한 머핀의 달콤함을 완성시키는 것이 한 방울 눈물 같은 소금이듯이, 그녀의 아픈 지금은 앞으로의 달콤한 인생에 필요한 약간의 소금이며, 그것이 인생을 더욱 견고하게 만들어주리라는 사실을.

빵을 굽는 밤

빵을 구워보고 싶었던 적은 없어? 식빵이나 치아바타, 롤빵 같은 거. 콕 집어 발효빵이라고 하는 것들. 어렵겠다고? 아니, 사실 그렇지만은 않아. 오븐이 있어야 가능하긴 하지만 빵 만드는 일 자체가 어려워서 못할 일은 아냐. 재료도 얼마나 간단한데. 밀가루, 이스트, 물, 소금, 설탕. 가끔 버터. 내 생각엔 이렇게 가난한 재료들로 그토록 근사한 결과물을 낼 수 있는 음식도 드문 것 같아.

나는 발효빵 굽는 것을 좋아해.
밀가루를 반죽해 발효시키고, 다시 모양을 빚어 오븐에 굽는 과정.
밀가루에 이스트를 넣고 치댄 반죽이 발효되어 보드랍고 토실토실한 아기 엉덩이처럼 부풀어오르는 일을 지켜보는 일은 빵을 굽는 과정 중에 가장 행복한 시간일 거라 생각해. 가볍고 말랑한 반죽의 촉감이 기분 좋기도 하고, 시간이 지날수록 통통하게 부풀어올라 살아 움직이는 듯한 반죽들을 볼 때면 내가 마치 어떤 생명을 창조하는 대단한 능력이라도 가진 것 같은 느낌이야. 그래서 빵 반죽을 만지는 손놀림이 좀더 세심해지고 정성스러워지지. 마치 금방 태어난 아기를 목욕시키는 손길처럼.

발효가 제대로 된 빵 반죽은 향기도 참 좋아.
맡기만 해도 어쩐지 마음이 푸근해지는데, 반죽을 굽지 않은 채 그대로 떼어 먹고 싶은 마음이 들 정도로 맛있는 냄새야. 반죽은 발효가 덜 되었을 때는 그 향이 약하고 발효를 너무 많이 시켜도 조금은 시큼하고 쓴 술내가 나지. 그러니까 반죽에서 완벽한 냄새가 나는 건 발효가 무사히 잘 되었다는, 그래서 곧 맛있는 빵이 구워질 거라는 신호라서 '안도감'을 선사하는 향기로 기억되는 것 같아.

오븐에서 갓 나온 따끈한 빵을 맛본 사람은 그리 많지 않을 거야.
손을 댈 수 없을 정도로 뜨거운 빵을 호호 불어가며 잘라내면 결을 따라 폭신하고 촉촉하며 쫄깃한, 온갖 축복 받은 질감들이 한꺼번에 눈앞에 펼쳐지지. 한 조각 떼어다 입안에 넣으면 녹지만 않을 뿐이지 이건 분명 솜사탕이야. 그동안 사 먹었던 빵은 다 무엇이었나 싶은 신세계가 입안에 펼쳐져. 가끔은 소금이 들어간 이즈니버터프랑스산 버터 중 하나를 뜨거운 빵 위에 얹어 버터가 사르르 녹기를 기다렸다가 한입 베어물면, 이 세상에서 행복하게 사는 일이 의외로 참 쉽다는 생각이 들기까지 해.

그러고 보니 발효빵은 과정과 결과 모두 매력적인 음식이네.
발효된 반죽의 말랑한 질감이나 맘이 포근해지는 반죽의 향기, 갓 구운 빵의 쫄깃한 맛. 하지만 내가 발효빵 만들기를 좋아하는 가장 큰 이유는 빵 만드는 행위 그 자체에 있어.
언젠가 세상 그 어느 것에도 집중하기 어려웠던 시간들이 있었어. 내 마음이 아무것도 느끼지 않도록 세상에 등을 돌리고 마음의 눈을 감는 연습을 해야 했던 시간들. 그것조차 힘겨울 때는 차라리 마음이 사라져버리면 좋겠다고 생각했던 시간들. '나' 말고는 아무것에도 관심을 가질 수 없던 시간들. 그래서 결국엔 무엇을 보아도 어떤 얘기를 들어도 아무런 감정을 못 느꼈던 길고 긴 시간들.

그 무렵 나는 발효빵을 굽기 시작한 것 같아.
혼자 지어놓은 생각의 집에 갇혀 빠져나오지 못하는 스스로를 구해야 할 때, 내가 어디로 가고 있는지 모를 때, 의지대로 되는 일이 하나도 없다고 느낄 때, 어떤 일도 다시 시작할 수 없을 것처럼 절망적

일 때엔 밀가루를 꺼내 계량하고, 이스트를 넣은 다음 길고 긴 시간 동안 반죽을 했어. 그러고는 반죽이 부풀어오르는 모양을 들여다보며 오븐 앞에 가만히 쪼그리고 앉아 있었지. 내 뜻대로 만들어지는 빵을 보며 오븐 안의 작은 세상에서만큼은 아직 내가 할 수 있는 일이 남아 있음에 안도했던 기억이 나. 그리고 무엇보다 오븐이 주는 온기가 따뜻한 위로가 되어 내 마음을 녹여주었던 것 같아. 한여름에도 오븐의 '열기'가 '온기'로 느껴졌을 정도니, 그땐 참 마음이 추운 시절이었나봐.

빵 만들기에 집착하기 시작하고 오랜 시간이 지난 어느 날 밤이었나. 아마도 또 어떤 위로가 필요한 날이었겠지. 습관처럼 어쩌면 의식처럼, 빵이 잘 부풀어오르는 오븐을 들여다보다가 문득 처음 빵을 만들기 시작했던 어두운 밤이 생각나 스스로에게 질문을 던져보았어. 아무것도 느끼지 않으려고 모든 것에 문을 닫아건 채 살았던 시간들이 그래서 살 만했느냐고 말이야.
그때 나는 망설이지 않고 대답했던 것 같아. 아니라고. 감정이 사라지니 나도 사라져버린 것 같았다고. 그리고 다시 웃을 수 없다 해도, 남은 건 눈물뿐이라 해도, 무엇인가를 느낄 수 있다는 자체가 살아가는 이유가 될 수 있다고.

그날 밤 이후로는 더이상 힘든 마음으로 빵을 만들지 않아.
물론 머릿속이 복잡할 때나 어떤 중요한 결정을 내려야 할 때는 꼭 빵을 만들게 되긴 해. 늦은 밤 가만히 반죽을 하고 빵을 굽는 고요한 순간이 참 좋거든. 어쩌면 종교가 없는 나에게 빵을 만드는 밤은 기도하는 시간과 마찬가지인 것 같아.

오늘 밤도 난 빵을 구울 거야.
마음이 하는 얘기들을 선명하게 듣고 싶은 날이거든. 당장 들리지 않아도 괜찮아. 그날 밤처럼 문득, 전혀 생각지도 못했던 순간에, 내 마음이 가장 절실한 대답을 가져다줄 테니까.

핫초코를 끓이다

마침내 행복이 내게 왔다고 느꼈을 때,

생각보다 큰 크기에 조금은 놀랐던 것 같아.

정말 이 모든 것이 내 것이 맞나 싶어 몇 번을 확인했지.

그래, 틀림없이 그건 나의 행복이었고 정말 더없이 행복했어.

다시는 놓치고 싶지 않아 단단히 쥐고서는

절대로 놓치지 않겠다고 다짐했지.

행복을 손에 쥐고 있는 동안엔 손가락을 펴서

살짝 훔쳐보는 것조차 두려웠어.

그랬다가는 금세 달아나버릴까봐 조마조마했지.

그렇게 꼭 쥐고만 있으면 행복이 계속 내 곁에 있어줄 줄 알았어.

그때는 정말 몰랐거든.

행복이 초콜릿처럼 손안에서 모두 녹아버릴 수 있다는 것을.
미처 그 달콤함을 제대로 맛보기도 전에
그렇게 손가락 사이로 모두 달아날 수 있다는 것을.
행복이 초콜릿의 다른 이름이라는 사실을 그때 알았던 것 같아.
초콜릿으로 얼룩진 손바닥을 보며 나는 생각했어.
내게 다시 초콜릿이 생기면 절대로 아끼지 않겠다고.
손에 쥐고 있다가 녹이는 대신 다른 이들과 함께 나눠 먹겠다고.

행복이라는 초콜릿을 나누기엔 핫초코가 가장 적당한 것 같아.
만들기도 간단하고 따뜻한 온기도 함께 전해줄 수 있으니까.
냄비에 우유를 조금 붓고 초콜릿을 넣은 다음
아주 약한 불 위에서 잘 저어.
초콜릿은 아끼지 말아야 해. 우유보다 더 많이.
초콜릿이 녹으면서 달콤쌉쌀한 향기가 나는가 싶을 때면
아마 반짝반짝 윤이 나는 핫초코가 완성되어 있을 거야.
좀더 다이내믹한 맛을 원한다면 시나몬스틱이나
칠리파우더를 섞어도 돼.
어느 나라에서는 그런 식으로 만들어 먹는다고 하던데.

제대로 만든 핫초코에선 아마 달콤쌉쌀한 맛이 진득하게 배어날 거야.

씁쓸한 맛 때문에 달콤한 맛이 더 고맙게 느껴지고,
달콤한 맛 때문에 씁쓸한 맛이 견딜 만한 핫초코는
역시나 행복의 맛을 닮아 있을 거야.
한 모금만 마셔도 두근거림과 따스한 충만감을
동시에 느낄 수 있을 테지.
이제 다시는 초콜릿을 손에 쥐어 녹아내리게 하지 않을래.
달콤한 순간을 아끼려다 그냥 사라지게 하진 않을래.

맥주는 벌컥벌컥 들이켜야 제맛

언제부터 술을 좋아했더라. 술을 많이 마셔도 얼굴색 하나 변하지 않는 타고난 체질 덕분에 이미 고등학교 때부터 술을 마시기 시작했으니 나는 필시 음주영재. 남들보다 일찍 시작하여 20년간 이어온 음주 이력에 부끄럽지 않을 만큼 나는 실로 다양한 종류의 술을 마셔보았다. 하지만 음주 인생의 내리막에 들어선 최근까지도 자주 마시는 술을 꼽자면, 맥주 소주 와인. 딱 기본에 충실하여 마신다.

배만 부르고 취하지 않는 건 싫어해서 셋 중 내 취향에 가장 잘 맞는 술은 소주였지만, 근래 들어 낮부터 가볍게 취하고 싶은 날들이 점점 많아지는 바람에 한잔 걸치면 푸념부터 늘어놓게 되는 소주를 멀리하고 있다. 가볍게 마시기엔 와인도 좋지만 벌컥벌컥 들이켜는 재미가 없어, 마치 타이트스커트에 킬힐 차림으로 뛰는 듯 답답하다. 그러다보니 백주대로에서 여자 혼자 마셔도 별나 보이지 않고, 별다른 안주 없이도 시원하고 기분 좋게 마실 수 있는 맥주를 자주 찾게 되었다.

맥주 애호가들 사이에서는 원료에 따라 혹은 발효의 정도와 상태에 따라 맥주를 세세히 구분하고 심지어 직접 맥주를 담가 테이스팅하기도 한나. 그렇시반 나 같이 숨어서 급하게 술을 마셔야 했넌 은둔형 음주영재들은 굳이 족보나 룰보다는 본능과 감정에 충실해, 혀끝에서 느껴지는 말초감각에 집중하여 마신다. 단순명료함. 바로 그게 맥주의 미덕 아니던가. 여하튼, 어느 날 맥주를 마시다가 문득 나의 20년 음주이력을 통해 깨달은 최고의 맥주맛 세 가지를 꼽아보았다.

내게 맥주 1미는 일본 맥주다. 특히 일본 여행중 첫날 첫 끼에 곁들이는 맥주의 첫 모금! 달콤하면서도 크리미한 거품, 신선한 홉의 향기, 고소하면서도 기분 좋은 쌉쌀한 맛은 비로소 지금 내가 일본에 와 있음을 일깨워주는 각성의 맛이다. 일본 맥주의 맥아 함량 자체가 우리나라 맥주와는 비교할 수 없을 정도로 높다거나 사용하는 물이 다르다는 등의 이유를 굳이 대지 않더라도 그저 한 모금만 마셔봐도 달고 고소하며 신선한 향기를 가진 특유의 맛에 자연스럽게 감탄사가 나온다. 맥주를 두고 밀도와 완성도를 논하게 된 것도 일본 맥주를 먹어본 이후가 아니었나 싶다.

개인적인 취향일 수도 있지만 우리나라 맥주가 감자튀김이나 치킨, 가끔 중국요리하고만 잘 어울리는 데 비해, 일본 맥주는 단단한 맛의 구조 때문인지 돈가스나 튀김 말고도 스시나 라멘, 간장을 뿌린 두부, 우메보시를 넣은 편의점 주먹밥과도 정말 잘 어울린다. 물론 안주 없이 마시면 그 각별한 맛을 더 세심하게 느낄 수 있어서 나처럼 배부른 술을 싫어하는 사람이라도 한 잔 더 청하지 않을 수 없다.

나의 맥주 2미는 '더운 날의 맥주'라고 해야 할지 '하이네켄'이라고 해야 할지 잘 모르겠다. 합쳐서 '더운 날 마시는 하이네켄'이라고 말하면 정확하려나.
세상에는 수많은 맥주가 있지만 나는 특히 아주 맑고 더운 날에 마시는 하이네켄이 좋다. 한 칠팔 년 전쯤 막 여름에 접어들어 기분 좋은 미풍이 불던 햇살 따가운 한낮, 이대 후문 근처의 이탈리아 레스토랑 '데미타스'에서 친할 것도 어색할 것도 없는 친구와 식사를 한 적이 있다. 페스토소스가 뿌려진 카프레제와 네 종류의 치즈를 얹어 구운 얇은 콰트로피자를 주문하고 나니 어쩐지 하이네켄이 마시고 싶었다. 여름엔 화이트와인을 즐겨 마시지만 그날만큼은 녹색 하이네켄 병이 눈앞에 부서지는 초록색 파도처럼 유혹적이었다. 본능의 더듬이가 시키는 대로 시도해본 짭조름하고 콤콤한 풍미의 콰트로피자와 쌉싸래하고 크리스피한 하이네켄의 조합은 이전까지는 알지 못했던 대발견이었다. 물론 편한 친구와 시시하지만 유쾌한 수다를 떨었던 그날의 평화로움 때문에 그 맛이 더욱 기억에 남았는지도 모르겠지만, 이후로는 맑고 햇살 따가운 날이면 무조건 하이네켄을 찾게 된다. 그리고 여름날 하이네켄의 크리스피함을 아는 사람과는 어쩐지 더 많은 얘기를 나누게 된다.

맥주의 3미는 해방감을 맛보게 하는 모든 맥주다. 영화 〈쇼생크 탈출〉의 앤디가 타협의 대가로 교도소에서 마실 수 있었던 맥주의 맛이 이렇지 않았을까 싶다. 참고 참았다가 견디고 견디다가 마시는 맥주의 다른 이름은 자유. 팍팍하고 지친 일상일수록 해방감을 주는 맥주는 도처에 널려 있고, 그 간극이 깊을수록 맛은 더욱 달다.
유난히 힘들었던 클래스를 마치고 산처럼 쌓인 설거지를 해치운 뒤에 마시는 차가운 맥주 한 잔, 숨이 턱까지 차오르고 한 걸음만 더 가면 죽을 것 같은 고달픈 등산을 마치고 풀린 다리를 쉬이면서 마시는 맥주 한 잔, 긴긴 프로젝트를 끝낸 후 직원들과 함께 열변을 토하며 마시는 치킨에 맥주 한 잔, 피 말리는 잡지 마감에 시달리다 아슬아슬하게 원고를 보내놓고 고작 한 주간의 자유를 얻었음에 기뻐하며 마시는 맥주 한 잔, 다니던 직장에 사표를 내고 마지막으로 출근하던 날 혼자 마셨던 오만 가지 감정이 섞인 맥주 한 잔. 생각해보니 살아오면서 힘겨웠던 시간의 대부분을 맥주와 함께한 듯하다. 달콤한 맥주 한 잔을 위해 사는 것인지, 살기 위해 맥주 한 잔의 위로가 필요한 것인지 가끔 헷갈리기도 한다.

지금도 냉장고에는, 아니 언제나 냉장고에는 맥주가 있다.
마음이 팍팍한 날 마시려고 각기 다른 종류의 맥주를 한 병씩 모으는 것이 한때 음주영재였으나 이제 음주 인생의 내리막을 걷기 시작한 이의 새로운 취미가 되었다. 아마 오늘도 그중 하나를 꺼내 마시게 될 것 같다. 한 꼭지의 원고를 끝낸 해방감에서. 역시 인생 8할은 먹고 마시는 일이다.

굴튀김의 바삭거리는 격려

굴튀김을 해먹어야겠다고 생각한 것은 누군가 옮겨놓은 하루키의 글 때문이었다. 추위가 한창인 겨울, 향긋한 바다 내음으로 몽글몽글하게 영근 굴이 아주 제맛이 든 때이기도 했지만, 무엇보다 굴튀김은 물론이고 나에게 격려가 되어준다면 그 무엇이라도 튀겨 먹을 수 있을 듯이 마음도 매서운 날이었다. 맥주는 냉장고에 가득 차 있었으니, 굴튀김만 요리하면 차분하게 앉아 굴튀김의 바삭거리는 격려를 기대해도 괜찮을 터였다.

작은 굴 한 봉지를 사서 소금물에 살짝 흔들어 씻은 후 채반에 받쳐두기만 하면 굴튀김을 위한 준비는 끝난다. 이제 밀가루에 한 번 굴리고 달걀물에 한 번 굴리고, 마지막으로 빵가루를 입혀 튀겨내면 되는

데 이 과정은 먹기 직전, 순식간에 해치워야 한다.
굴을 튀기기 전에 먼저 할 일이 있는데, 바로 타르타르소스를 만드는 것이다. 타르타르소스는 마요네즈에 피클, 양파, 케이퍼, 때로는 삶은 달걀을 다져 넣어 만드는 것인데 일본사람들이 흔히 '후라이'라고 부르는 빵가루를 입혀 튀기는 음식, 특히 해물을 재료로 한 후라이에 더없이 잘 어울린다. 하지만 마요네즈를 베이스로 하는 소스다보니 조금 느끼하거나 묵직한 느낌이 있고, 실제로도 칼로리가 높아 가뜩이나 열량 높은 후라이를 타르타르소스에 찍어 먹는 것은 어쩐지 맞았던 부위를 정확하게 다시 한 번 스스로 가격하는 기분이 들어 제아무리 맛있는 후라이라도 그 맛에 완벽한 맞장구를 쳐주기 어렵다.
그래서 나는 플레인요구르트를 베이스로 해서 마요네즈는 약간만 넣고 피클과 양파, 케이퍼, 이탈리안 파슬리를 넉넉히 넣어 타르타르소스를 가볍고 산뜻하게 만든다. 여기에 한 가지 더하자면, 금방 짜낸 레몬즙과 레몬제스트를 갈아 넣어 고소한 튀김옷 사이사이로 봄바람 같은 상큼함을 느낄 수 있도록 하는 것이 그나마 후라이를 먹으면서 죄책감을 덜어보고자 하는 방책이자 스스로 조금 자랑스러워 하는 나만의 타르타르소스 비법이다.
굴은 날것으로도 먹기 때문에 오래 튀길 필요가 없다. 굴에 묻힌 밀가루와 달걀, 빵가루가 황금빛을 내며 바삭하게 튀겨지면 바로 건져내는 것이 좋다. 그래야 겉은 바삭하고 속은 미디엄레어로 몰랑하게 익은 굴을 맛볼 수 있다. 순식간에 튀긴 굴튀김은 종이타월에 받쳐 기름을 살짝 빼내 접시에 가지런히 담고, 굴튀김을 먹는 데 바람잡이가 되어줄 레몬향 가득한 타르타르소스를 곁들여 낸다. 그리고 (드디어!) 맥주를 따른다.

굴튀김에 조심스럽게 타르타르소스를 얹고 한입 베어 무니, 바삭 하는 소리와 함께 바다 내음이 입안 가득 흘러넘친다. 가끔 레몬향이 더해질 때마다 봄바다가 된다. 이어서 맥주 한 모금을 넘기자 파도처럼 봄바다를 쓸어 달아나고, 수평선 너머 햇빛과 뭉게구름이 가득한 맑게 갠 하늘이 보인다. 이런 맛을 그냥 어렴풋하고 조용한 격려 정도로 칭하는 건 어쩐지 굴튀김에게 미안한 일 같다.

느긋하게 앉아 굴튀김과 맥주가 일으키는 파도를 즐기며 저녁 식사를 마치니 마음은 한결 가뿐해졌지만, 고작 굴튀김이랑 타르타르소스를 만들었을 뿐인데 부엌에는 설거짓거리가 가득하다. 나는 망설이지 않고 팔을 걷어붙인다. 설거지를 말끔히 마치고 나니 굴을 튀기는 동안 생긴 것이 분명한 기름 얼룩이 가스레인지와 주방 바닥 곳곳에서 눈에 띈다. 이어서 헨젤과 그레텔이 뿌려놓은 빵부스러기처럼 굵직한 빵가루가 튀김 솥으로 향하는 동선을 따라 주방 바닥에 흩어져 있는 것이 눈에 들어오고, 어쩐지 부엌의 공기는 보이지 않는 기름 연기로 가득 차 눈이 매운 듯하다. 내친김에 현관문과 창문을 활짝 열어 환기를 시키고 부엌을 쓸고 닦는다. 그러고는 기어코 스팀청소기로 기름진 부엌을 뽀득뽀득하게 닦아내고, 얼룩진 행주도 삶아 넌다. 굴튀김의 마무리 치곤 다소 거창한 청소를 끝내고 반들반들해진 부엌 테이블에 앉아 얕은 한숨을 내쉰다. 굴튀김의 바삭한 격려에 이어, 의도하진 않았으나 정당한 노동이 주는 격려에 마음이 뿌듯하다. 쏟아지는 격려 속에서 잠시나마 나는 내가 무척이나 잘 살아내고 있다는 생각을 한다.

우리들의 브런치

우리는 캐리가 되기를 바란 적이 없다.

그렇다고 사만다나 미란다, 샬롯이 되길 바란 적도 없다. 물론 뉴욕에 살지도 않는다. 그래도 우리는 〈섹스 앤 더 시티〉의 그녀들처럼 브런치를 먹는다. 지난 닷새 동안 출근해서 성난 황소처럼 일을 하다 맞이한 휴일. 토요일 아침처럼 브런치가 잘 어울리는 날이 없다. 시간을 좀 헤프게 써도 괜찮다. 어차피 내일도 놀잖아?

브런치 장소로는 요즘 제일 잘나간다는 레스토랑이 좋다. 물론 친구네 복닥거리는 부엌도 나쁘지 않지만, 누군가는 요리하고 쓸고 닦아야 하는 민폐는 토요일엔 좀 피하는 게 좋으니까. 브런치 메뉴를 고르는 일은 각기 다른 맛의 시트와 크림, 토핑을 얹은 컵케이크를 고르는 일, 혹은 전부 다 꼭 필요해 보이는 색깔의 가방들과 전부 다 꼭 있어야 할 것 같은 디자인의 구두들을 눈앞에 두고서 꼭 집어 하나만 골라야 할 때의 고통과 비슷하다.

우유와 생크림, 달걀을 풀고 소금과 설탕으로 맛을 낸 달걀물에 도톰하게 자른 식빵을 푹 적셔 버터를 두른 팬에 앞뒤로 노릇하게 익힌 뒤 슈거파우더를 듬뿍 뿌려내는 보들보들하고 촉촉한 프렌치토스트. 밀가루와 우유, 달걀, 베이킹파우더를 넣고 잘 섞어 걸쭉한 반죽을 만든 다음 기름으로 살짝 코팅한 팬에 갈색으로 폭신하게 구워 메이플시럽과 버터를 듬뿍 얹어 먹는 팬케이크. 끓는 물에 소금과 식초를 넣고 달걀을 깨뜨려 만든 수란을 햄이나 훈제연어와 함께 따끈한 잉

글리쉬머핀 위에 얹고, 여기에 버터와 식초로 만든 부드럽고 녹진한 홀랜다이즈소스를 끼얹어내는 에그 베네딕트.
이에 질세라 치즈와 허브를 듬뿍 넣어 만든 보들보들한 오믈렛이나 스크램블에그. 그리고 아주 바삭하게 구운 질 좋은 베이컨. 페리에 탄산수에 레몬 하나를 통째로 갈아 넣고 시럽으로 맛을 낸 레몬에이드. 사과와 레몬, 화이트와인을 넣어 제조한 브런치용 상그리아. 이왕 욕심내면 미모사[칵테일의 일종] 한 잔, 아니면 뵈브클리코[샴페인의 일종]!
이 메뉴들 중에서 무엇을 뺄 수 있을까. 우리는 당연히 종류별로 모두 주문해 먹고 마시고 수다를 떨며 지난 닷새간 지속된 성난 황소 같은 심정을 달래본다.

사실 그렇다.
브런치 메뉴라고 해봐야 기껏 빵(이라고 쓰고 빵쪼가리라고 읽어 마땅한)을 달걀 푼 우유에 덤벙덤벙 담갔다 구워내는 것이 프렌치토스트라는 것을, 밀가루 반죽을 동글납작하게 부침개처럼 구워낸 게 팬케이크라는 것을, 요리를 단지 안 할 뿐이지 절대로 못하는 게 아닌 우리도 잘 안다. 하지만 비록 빵쪼가리와 중고생 시절 받자마자 책상 서랍에 집어넣던 밋밋한 흰 우유와의 조합일지언정, '미드'나 따라하는 된장녀라는 오해를 살지언정, 우리가 브런치를 포기할 수 없는 이유는 그 누구도 빵쪼가리만 한 위로를 해준 적이 없기 때문이다.

열심히 일을 하면 독한 사람이란 얘기나 듣고, 사리와 경우를 따지면 인정머리 없거나 융통성 없는 사람으로 취급 받고, 결혼을 하지 않았더니 결국엔 결혼도 '못한' 사람이라는 말을 듣고, 결혼을 '못한' 이유가 그동안 바빴기 때문이라 말해도 '지랄 맞은 성질머리 30퍼센트에 보아하니 예쁘지 않은 얼굴 70퍼센트 때문'이라는 분석이나 당하고, 그 나이 되도록 일했으니 집 한 채는 사놓았겠다는 비아냥이나 듣고, 이런 말들에 신경 쓰지 않고 씩씩하게 살아보려 하면 '용쓴다'는 소릴 듣는 우리들에게, 함께 먹는 브런치만큼 따뜻하고 포근하며 맘에 와 닿는 위로는 없다.

그러니 뉴욕에 사는 캐리도 아니면서 브런치를 탐하는 우리에게 돌을 던지지 마라. 언제 우리에게 빵쪼가리만 한 위로라도 해준 적이 있는가. 브런치에는 스스로를 위한 절박한 위로가 담겨 있으니, 우리들의 브런치를 위해. 치어스!

내가 가장 편애하는 보색 대비

노란색은 아침.
부엌을 가득 채우는 상큼한 향기의
노란색 레몬을 짜서 만든 레몬에이드.
노릇노릇 바삭바삭하게 구운 식빵 위에
사르르 녹아내리는 노란색 버터.
연한 노란색의 홀랜다이즈소스를 얹은 에그 베네딕트.
그리고 테이블 위의 프리지아 한 다발.

보라색은 저녁.

반짝이는 투명한 글라스 안에 찰랑이는 와인.

달콤하고 보드랍게 구워

염소 치즈와 함께 곁들여 낸 마젠타의 비트 샐러드.

양송이와 양파, 닭과 와인을 넣고

긴긴 시간 끓여낸 자주색 꼬꼬뱅.

그리고 창밖 하늘을 물들인 보라색 노을.

노란색과 보라색.

내가 가장 편애하는 보색 대비.

그 색깔들이 만들어내는 먹음직스러운 하루의 향기들.

〈카모메 식당〉의 오니기리를 뭉치다

보기만 해도 달콤한 향기가 솔솔 풍길 것 같은 시나몬롤.
도마 위에 올려놓고 썰 때 나는 '바삭' 소리가 더 맛있는 돈가스.
그릴에 윤이 나도록 구운 연어.
생강을 넣고 지글지글 구워낸 돼지고기 생강구이,
채반 가득 만들어놓고 모두 모여 나눠 먹던 오니기리.

영화 〈카모메 식당〉을 본 사람이라면 당장 영화에 나왔던 음식과 비슷한 아무거라도 먹지 않으면 견딜 수 없을 것 같아 부엌을 서성거려 보았을 것이다. 그리고 아마 대부분 오니기리를 만들어 먹겠다고 생각했으리라는 것과, 시도만 하다 결국 그냥 사 먹고 말았을 거라는 사실 또한 의심스럽지 않다. 왜? 그 영화에 나온 음식 중에 그것 말곤 뭐 하나 만만한 음식이 없었으니까. 그나마 오니기리가 제일 만만했던 거다.
오니기리는 우리나라 편의점에서 '삼각김밥'이란 이름으로 사랑받은 지 오래다. 밥에 특별히 간을 하지 않고 튼실한 소로 맛을 내는 담백하고 직선적인 일본의 오니기리와 밥에 갖가지 밑간부터 하고 나서 여러 양념으로 버무린 소를 선호하는 우리나라의 삼각김밥은 맛과 분위기 자체가 완전히 다르지만, 둘 다 '어쨌거나 삼각형'이라는 점에서는 하나로 묶인다. 누군가를 위해 손수 도시락을 준비하고 싶지만 밥을 짓고 나물과 고기반찬 만들 일이 까마득한, 만사가 귀찮은 사람들도 만만하게 덤빌 수 있는 음식이라는 점 또한 공통적이다.
누가 해도 대단히 잘되거나 잘못될 일 없는 음식이기에 더더욱 만만한 오니기리를 만들 때는 밥을 잘 짓는 것이 중요하니 맛술을 넣어 밥을 안치라느니 다시마를 한 장 얹어야 한다느니 등의 잔소리는 잠시 잊자. 밥이야 뭉쳐지기만 하면 되지 굳이 애써 다시마향이 나게 밥을 지을 것까지는 없지 않느냐는 것이 야매 요리선생의 생각이니.

'오니기리'를 만들려면 따로 밑간을 하지 않고 맛술과 소금을 푼 물을 손에 발라가며 밥을 뭉치면 되고, '삼각김밥'을 만들려면 맛소금과, 들어갔는지 긴가민가할 만큼의 참기름을 넣고 잘 섞어 밥을 뭉치면 된다. 오니기리의 속재료는 짜지 않은 명란을 굵게 다지거나 소금만 뿌려 구운 연어 살, 씨를 발라낸 우메보시나 가츠오부시를 살짝 양념해 볶아낸 것으로 준비하면 된다. 되도록 심플하면서도 실한 것이 오니기리 속재료를 준비할 때의 포인트다.
삼각김밥의 속재료는 훨씬 자유롭다. 냉장고 안에 남아 있는 반찬 중 아무거나 골라서 잘게 썰어 넣으면 되니까. 먹다 남은 나물이나 꽈리고추 멸치볶음, 조금 말라버린 오징어젓갈이나 지겨운 장조림 같은 것들을 잘게 다져 참기름이랑 깨로 양념한다. 삼각김밥은 밥상 위에 차려지는 반찬을 몽땅 속재료로 쓸 수 있는 만큼, 냉장고 안에 남은 반찬만 있다면 오니기리에 비해 상당히 '거저먹는' 음식이다.
사실 오니기리를 만들 때 가장 중요한 것은 밥을 짓거나 속재료를 만드는 일보다 밥을 잘 뭉치는 일 같다. 밥을 잘 뭉치기 위해 어떤 테크닉을 써도 상관없지만 애인과 나눠 먹을 도시락이라면 밥알을 꼭꼭 뭉치며 그 사랑이 좀더 공고해지기를 바랄 수도 있고, 친구들과 소풍길에 함께 먹을 도시락이라면 지난 시간 동안 나눠왔던 시답잖은 농담의 횟수를 헤아리며 밥을 뭉칠 수도 있겠다. 등산 가는 길에 혼자 먹을 도시락이라면 오늘의 유일한 동반자를 대하듯 정성스럽게 주먹밥을 뭉치면 그 맛이 한층 더 좋아지겠지.

쓰고 보니 오니기리는 정말 딱히 요리랄 것도 없는 음식인 것 같다. 내가 말하지 않았는가, 만만한 음식이라고. 비록 이렇게 시시해 보이는 음식일지라도 손수 만든 오니기리 도시락은 당신의 마음을 전하기에 부족함이 없을 것이다. 행여 누가 당신이 만든 오니기리를 타박이라도 한다면, 다시 보지 않아도 될 사람임을 확인하는 좋은 계기가 될 테니 걱정할 필요 없다.

금문교 아래 어느 공원의 오후

해변을 따라 길을 걸었다.
금문교로 향하는 길 너머엔 그림 같은 집과 언덕과 평화로운 바다가 있고, 과장된 긍정의 에너지로 무장한 듯 보이는 사람들이 차가운 바닷바람에도 아랑곳하지 않고 땀을 내며 달리고 있었다.

마침 휴일이었다. 메모리얼데이.
간간이 눈에 띄는 공원들마다 바비큐를 굽는 사람들로 가득했다. 미국은 바비큐의 도시 같다. 잔디밭이 보이기만 하면 바비큐를 굽는 사람들로 가득하니까. 바비큐는 남자들의 요리다. 시내의 요리도구 전문점에 가면 호기심과 환희에 찬 얼굴을 한 남자들이 다양한 바비큐 기구들을 탐하고 있다.

다람쥐에게 사과를 주는 노인을 본 건 바비큐파티가 한창인 공원에서였다. 길 가까이 앉은 노부부가 즐거운 얼굴로 무언가에 열중하고 있었다. 자세히 보니 굴을 파고 나온 다람쥐에게 사과를 나눠주는 것이었다. 녀석은 사과를 든 할아버지를 경계하듯 일정한 거리를 두고 사과를 한입 베어 물고 다시 물러서기를 반복했다. 그리고 가끔은 그 사과를 통째로 들고 도망가고 싶은 듯 사과에 양손을 대고 움켜쥐는 시늉을 하기도 했다. 사과를 주고받는 할아버지와 다람쥐 옆에서 할머니는 그 모습을 휴대폰으로 찍고 있었다.
참 예쁜 풍경이란 생각이 들었다. 금문교 아래의 공원에서 맞는 어느 휴일의 풍경에 딱 어울리는 모습이었다. 나까지 덩달아 훈훈해진 마음에 미소를 머금고 돌아선 순간, 그 노부부가 펴놓은 돗자리를 보게 되었다. 그리고 그들이 입고 있는 옷도.

노부부는 노숙자였다.
낡고 더러운 옷차림이었고 돗자리 한편에는 그들의 깊은 주름만큼이나 지워지지 않을 듯 때에 찌든 침낭과 배낭, 그리고 몇 가지 살림들이 어지럽게 놓여 있었다. 자세히 보고 나서야 비로소 알 수 있었던 건 그들의 표정과 자연스러운 태도가 추레한 떠돌이의 행색을 감춰주었기 때문이다.

거리의 인생들이 바비큐파티가 열리는 공원 한편에 자리를 펴는 것이 전혀 어색하지 않은 휴일, 배고픈 자가 스스로도 아쉬울 사과 한 조각을 동물들과 나누는 마음(설령 야생동물에게 먹이를 주어서는 안 된다는 안내문 같은 것이 있다 해도), 그 모습을 사진으로 남기며 평범하면서도 평화로운 하루를 보내는 노부부의 마음, 그들도 충분히 행복해할 수 있는 여유.

무엇이 이 모든 것을 가능하게 했을까.
아름다운 날씨 때문인지, 그보다 아름다운 자연 때문인지,
사람들이 내뿜는 어색할 정도로 한결같은 긍정의 에너지 때문인지
알 수가 없었지만,
그 공원의 하루가 조금은 부러웠다.

두근두근
모카쿠키

이게 다 깻잎튀김 때문이야

싱글인 내가 언제쯤 연애를 다시 하고 결혼할지가 한동안 친구들 사이에서 최대의 관심사였다. 물론 이제는 '땡처리'로도 어렵겠다 싶은지 아무도 관심 갖지 않지만, 몇 년 전까지만 해도 결혼생활 위주의 수다에 잘 끼어들지 못하는 내가 안돼 보였는지 친구들은 종종 수다의 끝에 화제 전환 삼아 물어보곤 했다.

"요즘도 누구 없니?"

줄곧 '없다'고 답하다가 어느 날 "저번에 누가 어떤 남자 만나보라고 소개해주더라"며 이야기를 꺼내자마자 친구들 얼굴에 화색이 돌았다.

"진짜? 그래서, 그래서? 어떻게 됐어?"

"이제 안 만나."

"왜!"

"별로야."
"왜 별로야? 그래도 만나보지~ 너 이제 나이도 있는데."
"별로인데 왜 만나."
"뭐가 그렇게 별로인데?"
"그냥…… 좀……."
"왜?"

한참 어린 여자들을 사귀는 자기들 입장이 있어서일까 아니면 조금만 더 있다가는 환갑을 바라보는 사람이나 만날 가능성이 농후하다는 걸 잘 알고 있어서일까. 여자보다 남자 친구들이 내가 남자를 '만나려다 말았다'는 좀처럼 보기 드문 얘기에 이만저만 안타까워하는 게 아니다. 그러더니 언제 다른 남자를 또 만날 수 있을지 모르니 일단은 좀더 만나봐야 한다, 진짜 이상한 놈인지 아닌지는 남자가 들어봐야 안다, 등등의 논리를 펼치며 자세히 얘기를 해보란다.

그게 말이야…… 내가 맛있는 음식 좋아하잖아. 그래서 만날 사람도 이왕 그러면 좋겠다는 생각에 비슷한 사람을 소개받기는 했는데 끌리는 느낌이 하나도 없더라고. 매력도 없고. 근데 사실 이 나이에 스무살 때처럼 가슴이 콩닥거리는 것도 우스운 일이고 독거노인으로 살다가 아무에게도 발견되지 못하고 죽는 것보다는 나을지 모르니

까, 일단 눈 딱 감고 만나보기로 했지.
밥 먹는 데 의견이 잘 맞는 점은 맘에 들었어. 근데 문제는 일식집에 가서였지. 일식집에 가면 튀김을 좀 내주잖아. 새우도 있고 호박도 있고 고구마도 있고 깻잎도 있고. 그중에 깻잎튀김이 제일 맛있지 않니? 그치? 바삭바삭하고 향긋하고. 근데 이 남자가 말이야, 튀김 접시가 나오자마자 제일 먼저 깻잎튀김을 집더니 혼자서 와구와구 먹는 거야. 나도 깻잎튀김을 좋아하긴 하지만, 뭐 그냥 그러려니 하고 넘어갔어.
그런데 그다음 번에 또 일식집에 가게 됐는데, 이 남자가 그때도 깻잎튀김을 제일 먼저 집더니 혼자 다 먹는 거야! 맛있어서 제일 먼저 집어먹는 걸 텐데, 그걸 아는 사람이면 나한테 반쪽이라도 잘라줘야 하는 거 아닌가? 나 같으면 그렇게 했을 거야. 그래서 다음에 한 번만 더 이러면 만나지 말아야겠다 싶었는데, 아니나 다를까 세번째로 일식집에 갔는데 또 깻잎튀김을 자기가 홀랑 먹잖아! 어떻게 이런 사람을 더 만날 수 있겠어? 그래서 안 만나기로 했어.

진지하게 듣고 있던 남자 친구들이 얘기가 끝나자마자 미친듯이 웃고 나서 어이없어 하며 한마디씩 거들고 난리다.
"아니, 그냥 깻잎튀김 하나 더 튀겨달래면 되잖아."
"그럴 수야 있지만, 일단 애초에 하나밖에 없는데 자기가 번번이 먹는 게 문제란 거지!"
"깻잎튀김 네가 먹겠다고 얘기해봤어?"
"내가 말한 다음에 주는 게 무슨 소용이야."
"남자들은 말 안 하면 절대 몰라."
"이건 그냥 사람의 도리이자 예의 문제야, 그걸 남자라고 몰라?"
"어떻게 깻잎튀김 갖고 도리를 따지냐? 너무하다."
"하나를 보면 열을 알아. 나중에 들어보니 결국 정말 이상한 사람이었다고."
내가 아무리 열변을 토하며 그 이유를 설명해도 모두의 최종 결론은 하나.
"니가 그러니까 시집을 못 가는 거야."

달랑 하나 나온 깻잎튀김을 늘 자기가 차지하는 사람이라 맘에 안 든다는 게 그렇게 이상한가. 깻잎튀김 맛있는 줄 알면서도 늘 자기만 먹는 사람, 이거 얼마나 이기적이니.
하여튼 독거노인으로 늙는다 해도 할 수 없다.
깻잎튀김 혼자 먹는 사람은 절대 안 돼!

베이킹 징크스

직업이 요리선생이니 당연하겠지만, 내 부엌에는 늘 여러 가지 음식 재료들이 갖춰져 있다. 두루 요긴하게 쓰이는 새우나 베이컨, 토마토 홀 같은 재료들은 물론, 빵이나 과자를 구울 때 필요한 베이킹 재료들도 항상 빠짐없이 준비해놓는다. 베이킹 재료들은 쉬이 상하지 않기 때문에 한번에 넉넉히 사두는 탓도 있지만 빵이나 과자가 선물하기 좋다보니, 필요할 때 언제든 만들 수 있도록 부엌 선반에 베이킹 재료들을 빼곡히 쌓아놓고 사는 것이다. 겨울을 준비하는 다람쥐도 이토록 미련하게는 도토리를 쌓아두지 않을 것 같다. 하지만 선물용 베이킹을 위한 '만반의 준비'는 항상 여기까지일 뿐이다. 내게는 분명 같은 레시피로 같은 오븐에서 굽는데도 불구하고 이상하게 평소와는 달리 쿠키든 케이크든 '선물용'으로 만들 경우엔 꼭 실수를 하는 징크스가 있다.

쿠키에 너트와 초코칩을 듬뿍 넣어 구우려는데 어쩐지 그날따라 쿠키의 내용물이 좀 부실한 것 같았지만 별다른 의심 없이 있다가, 다 굽고 나서야 반죽에 들어갔어야 할 너트를 주방 한편에서 발견한 적도 있다. 또 레시피의 재료들 중에 어떤 재료에는 2를 곱했으면서 어떤 재료에는 3을 곱했다거나 구구단 계산을 잘못해버리는 바람에 애매한 상태의 반죽을 만들어놓고 오븐에서 다 구워질 때까지 망친 줄도 몰랐던 건 애교에 가깝다. 베이킹 틀에 유산지를 깔거나 밀가루 코팅하는 것을 깜빡 잊어버려 틀을 꿰차고 앉아 나올 생각을 하지 않는 케이크를 혼자서 숟가락으로 퍼 먹은 적도 있고, 잘못 맞춘 오븐의 타이머만 믿고 쿠키를 굽다가 바닥을 시커멓게 그을리거나 베이킹파우더를 깜빡하는 바람에 납작한 돌덩이 같은 쿠키를 구운 적도 꽤 여러 번이다.
선물할 때는 조심하려고 하는 만큼 더 큰 실수를 저지르게 되는 것 같다. 그러다보니 선물을 위한 베이킹을 할 때는 수능 보는 고3의 엄마처럼 노심초사 백일기도하는 심정이 된다. 그럼에도 불구하고 이 징크스는 지금껏 사라질 기미는 보이지 않고 나날이 더욱 확고해지고 있다.

나에게 베이킹 징크스가 처음 생긴 것은 스물여섯살 때, '잊지 못할 J'에게 처음으로 사과파이를 선물한 날이었던 것 같다. 그날은 아침 일찍부터 부산을 떨며 사과파이를 만들기 시작했다. 미리 맛 좋은 사과를 잘게 썰어 설탕과 레몬즙, 계핏가루를 넣고 바특하게 조려 소를 만들고, 밀가루에 잘게 썬 차가운 버터를 넣고 손끝으로 뭉개어 연한 노란색 버터 빛깔의 보슬보슬한 밀가루로 반죽한 파이지를 만들어두었다.

파이지를 냉장고에 차갑게 보관했다가 꺼내서 곱게 밀고 모양을 내 자르고 사과소를 듬뿍 얹은 다음, 그 위에 또 파이지를 덮고 달걀물을 발라 오븐에다 노릇하게 구웠다. 오븐을 채 열기 전부터 달콤한 사과와 고소한 파이 냄새가 집 안에 가득 찼고, 다 구워진 사과파이의 빛깔은 참으로 고왔다.

그랬다. 색은 참 고왔지만 맛이 없었다. 늘 하던 대로 만들었다고 생각했지만 파이를 한입 먹자마자 파이지 반죽에 소금 넣는 것을 깜빡했다는 사실을 알았다. 소금을 넣지 않은 반죽으로 파이를 만드는 일은 절이지 않은 배추로 김치를 담그는 일과 다를 바 없었다. 그렇게 구운 파이지가 달콤한 사과소와 균형이 맞을 리가 없었다. 그저 밀가루 위에 얹은 사과조림이나 마찬가지.

나는 할 수 없이 그 맛없는 사과파이를 곱게 포장해서 J의 앞에 내놓았다. 다행히 그는 진심으로 감동한 표정으로, 정말로 맛있게 내가 만든 사과파이를 먹어주었다. 맛없는 걸 그토록 맛있게 먹어준 그가 사실은 미맹이었는지, 혹은 걸출한 연기력의 소유자였는지는 지금도 알 수 없지만, 한 가지 확실한 점은 그가 나의 친구들과 나의 쿠킹 클래스 수강생들, 심지어 나의 가족까지 통틀어서 내 요리를 진심으로 맛있게 먹어주고 진심으로 감동해준 유일한 사람이란 것이다.

나는 그날의 사과파이를 만회하려고 그 이후로도 부단히 노력했다. 하지만 사과파이보다 나은 무언가를 맛보여주고 싶었던 나의 욕심과 사랑이 커지면 커질수록 베이킹 징크스도 수습하기 어려울 정도로 심해졌고, 그 뒤로 단 한 번도 그에게 제대로 된 선물을 하지 못했다.
그 이후로도 지금까지 누군가를 위해 선물로 만들었던 빵이나 과자 중 제대로 된 경우는 거의 없었다. 만일 당신이 나로부터 너무나도 멀쩡한 빵이나 과자를 받았다면, 그건 원래 내가 먹을 욕심에 구운 것이지 애초에 선물할 생각은 없던 것임을 알아야 할 것이다.
그리고 혹시 내가 맛이나 모양이 좀 이상한 빵이나 과자를 준다 해도, 그건 실수의 정도만큼 큰 애정이 담겼기 때문임을 알아주면 좋겠다.
어쩌면 내가 가장 맛없게 만든 베이킹 선물을 받은 사람이 내가 가장 사랑하는 사람일지도 모르니, 오히려 조금 더 기뻐해주면 좋겠다.

두근두근 모카쿠키

커피를 마시지 못한다.
사납게 두근거리는 가슴과 낯가릴 줄 모르고 떨리는 손은 커피를 마시고 3시간쯤 지나면 늘 나타나는 증상.
덕분에 커피와 함께하는 브런치나 어뮤즈 부슈한입 크기의 에피타이저부터 프로마주식후 입가심으로 먹는 치즈로 이어지는 근사한 정찬 뒤에 화룡점정처럼 준비되는 디저트와 에스프레소 한 잔의 기쁨을 알지 못한다. 누군가의 말처럼 커피가 빠진 나의 삶은 종종 무미건조해 보일지도 모른다.

견디지 못하기 때문에 마시지 않을 뿐, 커피가 맛이 없다고 생각한 적은 없다. 금방 갈아낸 원두의 신선한 향기를 한껏 들이마시는 것을 좋아하고 에스프레소의 녹진하고 도톰한 크레마가 입술에 닿는 느낌을 좋아하고 진한 커피가 목을 타고 내려갈 때의 싸한 느낌 또한 좋아하고 예가체프의 여린 꽃향기 때문에 커피 한 모금을 욕심낸 적도 있었다.

다만 마시고 난 뒤가 문제.

커피도 못 마시면서 문득 모카쿠키를 만들어보고 싶었다.
쿠키에 커피를 넣어 향을 내는 게 정석이지만 3시간 후를 생각해 쿠키 반죽에 커피 대신 커피 에센스를 넣었다.
이만하면 감쪽같다고 생각했지만, 음…….
그래도 어쩐지 조금 아쉬워 커피를 조금, 아주 조금 타서 넣었다.
아주 조금 들어간 커피만큼, 두려운 마음도 딱 그만큼.

오븐에 구워 한 김 식힌 바삭한 모카쿠키를 한 입.
맛있다.
그리고 얼마 후, 아마 3시간쯤 지나 어김없이 가슴이 두근두근.
그런데 커피를 아주 조금만 넣어서 그런가.
그냥 커피를 마셨을 때와는 다르게
오히려 살짝 기분 좋을 정도로 두근두근.

어딘가 모르게 익숙한 이 기분은 커피를 마시지 않았을 때도 느껴본 적이 있는 듯하다.

기억이 났다.
아마 아주 오래전.
말랑한 마음, 소주 딱 한 잔을 마시고
촉촉해진 눈을 통해 보이던 세상.
수줍은 기억들, 설레는 시간들, 잊힌 마음들.
이제는 커피를 마시지 않으면 기억조차 할 수 없는 감정들.
다시 돌이킬 수 없는 내 마음이 모카쿠키 안에 담겼다.
커피를 아주 조금 넣은 모카쿠키.

FISH MEASURE SPOON

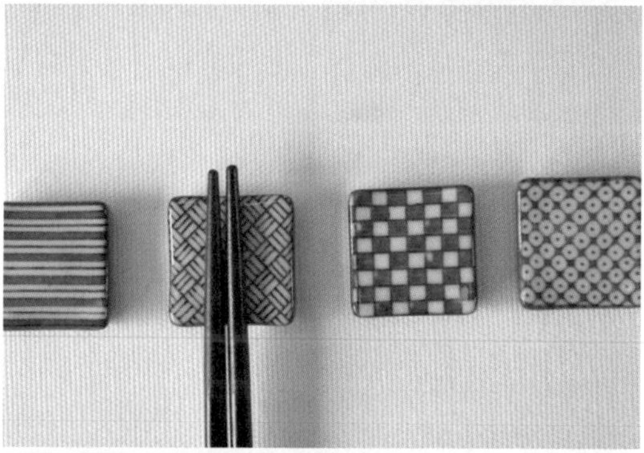

HERBS GARDEN
HERBS GARDEN

소라 반 접시

하늘이 낮았다. 그리고 회색빛 눈이 내렸다.
서울보다 기온이 10도쯤 더 높았지만 습기를 머금은 거센 바닷바람 탓에 머릿속 생각들만큼이나 겹겹이 껴입은 옷들을 하나도 덜어내지 못했다. 처음 경험하는 제주의 겨울은 생각보다 추웠다.

겨울 제주 여행의 첫번째 식사로는 문어라면을 먹을 참이었다. 성산일출봉 앞 '경미 휴게소'에서 파는 문어라면이 꽤 먹을 만하다는 것을 성산포에 도착하기 전날 알게 됐다. 4년 만에 찾은 제주에서의 첫 끼가 라면이어도 되는 건가 싶기도 했지만 그래도 문어'맛' 라면도 아니고 진짜 문어가 들어갔다고 하니까.
성산일출봉과 광치기해변이 한눈에 보이는 숙소에서 경미 휴게소는

지척이었다. 식사 시간으로는 조금 이르지 않을까 싶어 최대한 걸음을 느리게 하여 경미 휴게소에 당도했다. 식당에 들어가 앉아 문어라면을 주문하고 시계를 보니 한 치의 오차도 없는 정오. 주인아주머니가 의자 정리에 한창인 걸 보면 이제 막 영업을 시작한 듯, 암만해도 내가 개시 손님이었다. 워낙 장사가 잘되는 집이라지만 라면 한 그릇으로 개시하게 할 순 없어 소라 한 접시를 더 주문했다.

소라를 주문해놓았으니 아무래도 한라산 한 병 시켜야 할까 고민하고 있을 때 문어라면이 나왔다. 양은 냄비에 나온 문어라면은 라면의 분말수프를 좀 덜어내고 문어와 바지락, 미역을 넣어 끓인 다소 심심하면서도 시원한 맛이었다. 면발도 내가 딱 좋아하는 살짝 설익은 듯한 꼬들한 상태였다. 그래봐야 흔하디흔한 라면이지만 손맛 좋은 사람이 담가 딱 먹기 알맞게 익은 김장김치를 곁들이니 결코 흔하지 않은 맛이 되었다.

김치 맛에 감탄하며 창밖으로 내리는 눈을 벗 삼아 라면을 몇 젓가락 먹고 있으니, 검고도 분홍의 속살을 가진 소라가 테이블 위에 놓였다. 한입에 넣고 씹기 어려울 정도로 두껍게 썰린 놈도 있고 반대로 씹을 것도 없이 얇게 저며놓은 조각도 있다. 먹는 사람의 입장 같은 것은 전혀 개의치 않은, 써는 사람 내키는 대로인 투박한 모양새다. 모양이야 어찌 되었든 소라에서는 바다 내음 가득한 달콤한 향기가 올라왔다. 역시 한라산이 필요해, 생각했을 즈음.

식당 문을 열고 한 커플이 들어왔다. 그들이 자리를 잡으려고 하는데 주인아주머니가 단체 예약손님 때문에 자리가 없다며 난처해했다. 덩달아 4인용 테이블을 혼자 꿰차고 라면에 소라까지 받아놓은 (사실 한라산까지 시키려던) 나까지 난처해졌다. 제 발 저린 도둑처럼 나는 그 커플에게 합석을 자청했다.

스스럼없이 자리를 잡고 짐을 내려놓은 두 사람은 학생 같아 보였다. 솜털이 채 가시지 않은 얼굴에 둘의 옷차림이나 배낭 멘 모습만 봐도 알 수 있었지만, 문어를 주문하려다 생각보다 비쌌는지 머뭇머뭇 결국 문어라면 두 그릇만 시키는 걸 보니 딱 스물한두 살의 여행이었다. 나는 갑작스러운 겸상에 한라산을 주문하려던 마음을 접었다. 카누 타는 곰돌이 그림이 그려진 다소 동화스러운 파란 후드티 차림에 화장기 없는 여자가 대낮에 혼자 소주를 마시는 것도 이상해 보일 텐데, 아는 사람이건 아니건 겸상할 사람이 생겼다며 옳다구나 술을 주문하는 무서운 여자로 보이고 싶지도 않았다.

한라산을 포기하니 소라가 갑자기 넉넉해 보였다. 문어를 포기한 어린 커플이 마음에 쓰여 둘에게 소라를 권했다. 아침부터 찬바람을 맞으며 많이 걷느라 고단했다는 두 사람은 꾸벅 인사를 하더니 신이 나서 참 맛있게 잘도 먹었다. 그래, 평소에도 맛있는 것만 챙겨 먹고 산다는 나도 오독오독 달콤한 소라가 먹을 때마다 맛있는데 그 젊음에, 그 허기짐에 맛이 없을 수가 없을 것이다.

마주 앉아 소라 한 접시를 나누어 먹는 사이가 되었지만 낯가림이 심한 탓에, 어색하지 않을 정도로만 드문드문 맞장구를 치며 주로 그들의 대화를 듣고 있었다. 그런데 가만 보니 두 사람의 대화에는 반말과 존댓말이 섞여 있었다. 평범한 연인들처럼 반말로 얘기하다가 불현듯 나오는 주제들, 그러니까 정말 무의식적으로 자연스럽게 오가는 얘기들은 존댓말로 하는 모양이었다. 이 사람들, 이제 막 시작하는 사이인가보다. 청춘의 생기에 이제 막 시작하는 연인들에게서 풍기는 풋풋한 봄 내음 같은 것들이 더해졌다. 바라만 봐도 가슴 두근거리게 하는 그 두 사람을 향해 미소 짓고 있다가 눈가가 살짝 뜨거워졌다. 나의 봄은 언제였던가. 존재하긴 했었나. 다시 오긴 하는 걸까. 그 후 나는 줄곧 고개를 들지 못하고 라면만 먹었다.

그대들 참 부럽다.
편안한 반말들 속에 가끔 끼어드는 존댓말의 사랑스러움을 그대들은 모를 것이다. 아직은 종종 존댓말이 나올 정도로 서로에게 완전히 익숙하진 않지만, 이때가 서로에 대한 사랑이 가장 확고한 순간임을 그대들은 모를 것이다. 시작하는 그대들을 바라보는 사람들의 마음이 그대들 덕분에 아련해지고 있다는 것을 잘 모를 것이다. 그대들도 더없이 행복하겠지만 지켜보는 사람들이 더 행복할 수 있다는 것도.

눈이 내리는 제주의 회색빛 낮은 구름들 사이로 잠깐 비추는 햇살 같았던 그들에게 소라 반 접시를 내어준 것이 아깝지 않았다. 그리고 사족. 알고 보니 경미 휴게소의 영업시간은 새벽 5시부터 저녁 6시 반까지. 문어라면에 너무 심취한 나머지 영업시간을 맘대로 상상하고 말았다.

컵라면조차 황홀하던 우리 한때

나는 자주 산책을 나서는 편이다.

부엌이 답답할 때 나가기도 하고 일부러 운동 삼아 나가기도 한다. 그렇다고 오로지 운동만을 위해서 산책을 나가지는 않는다. 그것처럼 지루한 일도 없으니까. 그래서 뭔가 목적이 분명한 일거리를 만들어 산책을 나선다. 이를테면 걸어가기에 만만한 거리의 마트에 가볍게 장을 보러 간다든지, 일부러 조금 먼 은행을 택해 볼일을 보러 간다든지, 백화점에 세일하는 옷가지를 구경하러 간다든지, 도서관에 책 구경을 간다든지 하는 일들. 대체로 내가 좋아하는 일들이다. 좋아하는 일을 하러 가고 있으니, 운동하려고 일부러 멀리까지 걷는다는 생각은 들지 않는다.

나는 특히 도서관 가는 산책길을 가장 좋아한다. 동네 주변에 깔끔하게 지어진 도서관이 세 곳이나 있어서 그날그날 내키는 대로 찾아간다. 도서관으로 가는 도중의 쾌적한 길도 좋고, 도서관 가득한 책 냄새나 책장 넘기는 소리만 들리는 조용한 분위기도 참 좋다. 한 30분 걷고 나서 편안하게 쉴 수 있는 자리까지 마련되어 있으니 금상첨화. 책을 대출해서 읽는 것을 좋아하지 않기 때문에 주로 정기간행물실에서 새로 나온 잡지들을 뒤적이다 온다. 요리잡지나 문화 관련 잡지들을 보고 나면 시간이 훌쩍 지나고, 어김없이 조금 출출해진다. 그때마다 떠오르는 것이 오래전 도서관에서 먹었던 컵라면.

대학에 들어가 맞이한 첫번째 시험 기간, 아직 고3 수험생 티를 채 벗지 못한 때라 시험 기간에 공부하는 시늉이라도 내던 시절이었다. 남자친구와 나는 평소 둘의 집에서 가장 가까운 서대문 도서관에 다녔지만 꽃바람이 좋았던 어떤 주말, 산책하기 좋다는 남산 도서관에 가보기로 했다.

아침 일찍부터 자리를 잡고 참하게 앉아 공부만 할 리가 없었던 우리는 도서관 주변을 맴돌며 사사로운 애정행각만 벌였다. 공부를 하지 않아도 배는 금세 고파왔다. 아니, 책상머리에 앉아 공부하는 대신 서로에게 그토록 에너지를 쏟다보니 오히려 다른 때보다 빨리 허기졌던 것 같다.

우리는 도서관에 식당이라고 마련된 곳에 내려갔는데, 사실 그곳은 식당이라 하기엔 메뉴가 너무 부실했다. 자판기에서 나오는 컵라면과 은박지에 싸놓은 김밥, 먹고 싶지 않게 생긴 유부우동이 전부였다. 물론 한편에서 음료수와 과자를 팔고 있기는 했지만 허기질 만큼 허기진 우리들에게 식사라 하기엔 아쉬운 것들이었다. 할 수 없이 우리는 자판기에서 나온 그리 깨끗하지 않은 컵라면과 김밥을 놓고 마주 앉았다.
예나 지금이나 식탐과 급한 성격으론 누구에게도 뒤지지 않는 나는 채 익지도 않은 컵라면을 억지로 풀어 바작바작 씹어 먹으려고 덤볐다. 그러자 나무젓가락으로 집은 라면과 함께 내 머리칼 몇 가닥이 입으로 딸려 들어왔다. 맞은편에 앉아 있던 그애가 라면을 먹으면서 남은 다른 한 손으로 내 입에 들어간 머리칼을 쓸어서 귀 뒤로 넘겨주었다. 모든 것이 멈춰버린 것 같던 그 순간.

그 순간이 슬로우 모션처럼 느리게 스쳐 지나간다. 아주 또렷하게.
나의 공식적인 연애는 중3 때 시작되었으므로 그애가 내 첫 사랑도 아니었고 딱히 내 인생에서 무척이나 기억에 남을 만한 사랑이라고 말하긴 어렵지만, 나는 아직도 우리가 마주 앉아 컵라면을 먹었던 그 순간만큼은 아주 선명하게 기억한다. 그날의 채 익지도 않았던 컵라면과 맛없던 김밥마저 따뜻한 기억으로 남아 있다.

'어른'이 되고 나서 긴 터울을 두고 그애를 우연히 두 번쯤 다시 마주친 적이 있었는데, 그때마다 당신도 남산 도서관에서 함께 컵라면을 먹다가 내 머리칼을 귀 뒤로 넘겨주던 순간을 기억하느냐곤 묻지 못했다. 같은 순간이라도 서로에게는 다른 형태로 기억될 수 있는 법이니, 굳이 사실을 확인해 내 추억을 망가뜨리고 싶지 않았으니까.

잡지 몇 권을 읽다 배가 고파진 나는 오래전 그 봄날의 컵라면을 떠올리며 도서관 지하로 내려가보았다. 옛날의 남산 도서관에서처럼 매점이라도 있겠지 싶었는데 매점뿐만 아니라 번듯한 식당까지 있었다. 매점은 마치 작은 마트를 옮겨놓은 듯 없는 것이 없었고 카페처럼 깔끔한 테이블이 놓여 있었다. 옆의 식당에는 라면에서부터 순두부찌개, 떡만두국, 비빔밥, 육개장까지 팔았다. 너무나 화려하고 넉넉해진 도서관의 식당에서 '대관령 김치 사발면'은 더이상 팔지 않는 메뉴였다. 비록 나의 추억은 돌이킬 수 없는 풍경이 되어 아쉬웠지만, 아늑하고 깔끔한 식당에서 도란도란 얘기를 나누며 밥을 먹고 있는 아이들을 보며 여기에서도 지금 새록새록 그들만의 추억이 쌓여가고 있음을 알았다. 모쪼록 그들이 마음에 오래도록 담아두고 싶은 따뜻한 이야기들을 만들어가기를 바라며 그곳에서 아무것도 먹지 않은 채 다시 길을 나섰다.

행복한 사랑의 결말

아마 십여 년 전, 젊은 혈기에 추운 줄도 몰랐던 12월. 나와 '나의 잊지 못할 J'와, 그의 카투사 동기였던 H가 참 가까이 지내던 시절이었다. 어느 늦은 저녁, 나는 두 사람과 종종 함께 가던 남영동 중국집으로 나오라는 전화를 받고 일산에서 택시를 타고 달려갔다. 밥 때가 한참 지난 늦은 시각에 집 앞으로 친구가 찾아왔다는, 한 번도 해본 적 없는 부실한 거짓말을 둘러대며 집을 나서는 나에게 식구들은 의심의 눈초리를 던졌다.

언제나 그랬듯 즐거운 자리를 기대하며 남영동 중국집의 조그만 방으로 들어섰는데, J와 H 두 사람 모두 단순히 어둡다는 말만으로는 다 표현하지 못할 만큼 침울한 표정으로 앉아 있었다. J는 누군가와 통화를 하고 있었다.

언제였습니까?

네…….

네…….

잘 알겠습니다.

다시 연락드리겠습니다.

J가 전화를 끊고도 두 사람은 아무 말이 없었고, 이내 두 남자가, 울었다. 서른이 넘은 산만 한 남자 둘이 내 앞에서 울고 있었다. 스물여섯의 나에게 무한한 애정과 함께 어떻게 살아가야 하는가에 대한 가장 명쾌하고 믿음직스러운 조언을 아끼지 않았던, 그래서 내가 기댈 수 있는 유일한 나무 같았던 두 남자가 갑작스러운 눈물을 보이는 그 상황이 너무나 난감했다. 나는 아무 말도 할 수 없었고, 아무것도 묻지 못한 채 그저 손을 잡고 눈물을 닦아주었다. 그리고 H는 그대로 찬 겨울 속으로 나가서 다시는 돌아오지 않았다.

H에게는 몹시 사랑하는 여자가 있었다. 나에게 J가 그랬듯 아마 H에게는 그 여자가 '잊지 못할 그녀'가 아니었을까 싶다. 두 사람은 마냥 행복했는데, 여자가 갑자기 많이 아팠다. 단순한 병이 아니란 것을 알고 둘은 헤어지기로 했다. '헤어졌다'는 표현을 빌리긴 했지만, 헤어짐보다는 서로에 대한 배려에 가까웠던 것 같다. 그리고 내 생각에

두 사람은 헤어지고 나서 서로를 더 많이 사랑하게 되었던 것 같다. 절대로, 다시는, 그녀의 얼굴을 보지 못하겠다는 H를 대신해 J는 아주 가끔 그녀의 병실에 들러 꽃을 놓고 갔다.
그리고 연말 인사차 그녀의 부모님께 전화를 걸었던 남영동 중국집 그 작은 방에서, J와 H는 그녀의 부고를 전해 들었다. 그리고 그때 막 내가 도착한 거였다.
평소에도 어딘가 어두운 구석이 있는 사람이긴 했지만, 나는 그 뒤로 H가 진심으로 웃는 모습을 본 적이 없던 것 같다. 이윽고 '나의 J'도 '잊지 못할 J'가 되었고, 우리가 농담 삼아 얘기하던 혼합복식 탁구 대결은 영영 이루어지지 못할 바람이 되었다.

가끔 행복한 사랑의 결말에 대해 생각해볼 때가 있다.
누구에게나 해피엔딩이 주어진다면 좋겠지만, 그렇지 않은 경우가 더 많은 현실에서는 그나마 행복한 이별이 비극 안에서의 행복한 결말일지도 모른다. 세상을 일찍 떠난 그녀를 생각하며 어떤 이별 방식이 더 나을지 고민한 적이 있다. 그 옛날 조하문의 노래처럼, 나와 J는 그래도 영영 이별하지 않고 같은 하늘 아래 살고 있으니 그것만으로 참 다행이란 생각이 들기도 했고, 또 한편으로는 죽지 않고 살아 있음에도 불구하고 '생이별'을 하느니 차라리 죽어 헤어지는 것이 더 행복한 결말일지도 모른다고 생각하기도 했다. 그 뒤로는 십여 년이 지

나도록 나에게 특별하다거나 의미 있는 이별이란 것이 존재하지 않았으니, 이제는 행복한 이별이 어떤 것인지 나도 잘 알지 못한다.

내가 바라는 행복한 결말이 어떤 것인지, 앞으로 내게 남아 있는 이별은 또 얼마나 될지 알 수 없다. 다만 나는 더이상 이별이 두렵지만은 않다. 처절한 결말 말고는 모두 허투루 시간을 보낸 것 같은 연애일지언정 그 또한 처음에는 세상을 다 가진 듯한 환희와 설렘으로 시작했음을 담담하게 기억할 수 있을 만큼 세월이 흐른 덕분일까. 아무리 이별이 아프다고 그 순간에만 허락된 행복을 놓치고 후회하긴 싫다. 다만, 어쩔 수 없이 결말에 이르더라도 그조차 행복하게 맞이할 줄 아는 성숙한 사람이 되고 싶다.

한 명쯤은 서운해하길

누구나 만인이 축복하는 행복한 결혼을 꿈꾸지.
근데 말이야, 나는 좀 다르게 꿈꾸는 결혼이 있어.
바로 만인 중에 한 사람쯤은 내 결혼식을 축복해주지 않는 거야.

어떤 남자가 헤어진 여자친구의 결혼 소식을 듣고
마음이 조금 씁쓸하더라는 얘기를 했어.
별것 아닌 것처럼 그냥 잠깐 그런 마음이 들었다곤 했지만
어쨌거나 나는 그의 헤어진 여자친구가 좀 부러웠어.
씁쓸하다거나 서운한 마음이 든다는 건
그만큼 아쉬움이 남아 있단 얘기잖아.

모두가 축하의 인사를 보낼지라도
왠지 백화점 폐점 시간에 허겁지겁 쇼핑하듯 결혼식을 '해치우고' 나면
식장의 조명이 꺼지듯 다른 사람들의 축하와 관심조차
순식간에 사라져버릴 것 같은 생각이 들거든.
그럴 때 누군가 나의 결혼에 아주 조금 서운한 내색을 해준다면,
결혼식이 끝나도 누군가는 나와의 추억 한 자락을 내내 품어준다면,
조금 이기적이지만 그래도 왠지 위로가 될 것 같아.

발효종의 희망고문

세상의 모든 일이 그러하듯, 홈메이드 쿠킹에도 유행이란 것이 있다. 취미 삼아 요리하는 사람들이 주축으로 만들어가는 사소한 유행이랄까. 크림파스타나 바비큐립을 요리하고, 컵케이크와 마카롱을 굽는 일 같은 것들. 요리의 현재를 재조명한다거나 요리의 신세계를 개척하는 거창한 일과는 상관없이, 자기들만의 부엌에서 소소하게 따라해보는 정도지만. 어쨌거나 지금, 내가 원고를 쓰고 있는 2012년 3월은, 직접 키운 '발효종'으로 만드는 천연빵이 대세다.

천연발효종빵은 발효빵을 구울 때 판매용 이스트로 밀가루 반죽을 발효시키는 대신 과일이나 곡물 가루에서 직접 배양한 천연 이스트로 밀가루 반죽을 발효시켜 굽는 빵을 말한다. 본디 귀찮고 지나치게 번거로운 음식은 사먹는 것이 제일이라는 내 신조와, 유행을 따라하는 일이라면 무조건 질색인 내 성격상, 굳이 왜 이렇게까지 멀고도 험한 길을 일부러 택해 빵을 만들어야 하는 건가 싶었지만 요즘 들어 요리에 관한 실험정신이 몹시 고양되어 있던 터라 한번 도전해보았다.

'아마추어 천연발효종 선구자'들에 따르면, 밀가루 발효종은 밀가루와 물을 섞은 다음 보통 24시간, 혹은 12시간 간격으로 밀가루와 물을 추가해 상온에서 닷새 정도 발효시키면 만들어진다. 이렇게 말로 정리하면 간단해 보일지 몰라도, 아마추어 천연발효종 선구자들의 블로그를 보고 있으면 흡사 과학자(생물학자와 화학자의 조합 정도랄까)의 실험노트나 논문집을 읽고 있는 것 같다. 복잡하고 어려운 용어가 난무하고 나로서는 도저히 이해할 수 없는 숫자와 수식들로 넘쳐난다. 나는 선구자들이 시키는 대로 끓는 물로 소독한 병에 물과 밀가루를 넣고, 24시간마다 꼬박꼬박 물과 밀가루를 추가하며(선구자들은 이를 '먹이를 준다'고 표현한다) 닷새를 지켜보았다. 내 밀가루 발효종은 새콤하니 기분 좋은 발효향이 나고 거품도 제법 힘차게 일었다. 하지만 선구자들이 말하듯 '먹이를 준 후에 밀가루 발효종이 두 배 이상 부풀어야 한다'는 밀가루 발효종 성공의 기준을 충족시킬 기미는 요만큼도 보이지 않았다. 처음엔 다들 실패하는 법이니 나는 좀더 심혈을 기울여 다시 도전했다. 그런데 또 실패했고, 다음에도 실패했으며, 계속 실패하고 실패했다. 결국 나는 실패한 밀가루 발효종을 늘어놓고

이 모든 것에 이별을 고했다.

내가 이만큼 성의를 보이면 너도 한 번쯤은 괜찮은 결과물을 보여줘야 하지 않겠니? 아예 안 되려면 처음부터 그럴 것이지 왜 늘 3일차까지는 거품을 내며 보글보글 끓어 성공할 것처럼 폼을 잡다가 막판에 후르륵 꺼지는데?

왜 그렇게 몸을 사리는 거야?

지금 나한테 희망고문이라도 하겠단 거니?

네가 잘 모르나본데, 나한테는 아주 안정적이고 충실한 인스턴트 드라이 이스트가 있어. 천연발효종으로 만든 빵이 얼마나 고귀한 맛을 지녔는지는 모르겠지만, 내가 노력하는 만큼 열심히 따라와주는 인스턴트 드라이 이스트로 만든 빵도 충분히 훌륭하다고 생각해.
나는 이제 더이상 시간 낭비하지 않을 거야. 예전처럼 인스턴트 드라이 이스트로 소박하지만 즐겁게 빵을 만들어볼래.
밀가루 발효종, 이제 안녕.

그렇다.
'밀땅'도 정도껏, 튕기는 것도 적당히 해야 재밌는 법이다.
지나치게 까칠하게 굴어서는 누구도 손을 잡아주지 않는다.

초장에 결과가 좋지 않았다면
한 번만 더, 혹시나, 하는 미련은 갖지 말아야 한다.
큰맘 먹고 돌아서고 나면 생각만큼 아쉽지도 않다.
나는 대실패로 끝난 밀가루 발효종 실험으로부터
새삼스레 연애의 법칙을 배웠다.

프라이팬 길들이기

무쇠로 된 팬을 하나 샀다.

무쇠로 된 요리도구들과 오래도록 잘 지내려면 처음에 길을 잘 들여줘야 한다. 그래야 녹이 슬지 않고 요리할 때 재료가 들러붙지 않으니까.

우선 무쇠 팬을 깨끗이 씻는다.

이때 베이킹소다를 뿌려 함께 닦아주면 더 좋다.

그런 다음 가스불에 잠시 올려 물기를 말린다.

물기가 사라지면 팬에 기름을 충분히,

그리고 아주 꼼꼼하게 발라준다.

이번에는 팬을 센 불에 달군다. 하얀 연기가 날 정도로.

뜨거운 팬이 식으면 다시 한 번 기름을 얇게 발라둔다.

이제 팬이 잘 길들여졌으니
얇은 유산지 한 장 깔아서 보관하면 된다.
아마 다음 번에 꺼내서 두부나 녹두전을 부치면 제 맛이 날 거다.

무쇠 팬을 사들이는 족족 그것을 길들이다가 처음 손에 넣은 무쇠 팬을 길들이는 방법이 있는 것처럼, 처음 만나는 모든 인연들과 잘 지낼 수 있는 매뉴얼이 있으면 좋겠다고 생각했다. 닦고, 기름을 칠하고, 그것을 달구는 과정처럼 차근차근 따라하기만 하면 되는 그런 매뉴얼.

지금보다 어렸을 땐 나이를 더 먹으면 처음 만나는 모든 것들과 힘들이지 않고도 자연스럽게 익숙해지게 될 줄 알았다. 하지만 아직도 나는 처음 만나는 모든 것들에 서툴다. 아니, 나이가 들수록 새것이 어려워지고, 가끔은 자주 만나는 관계들마저 서툴다. 그래서 길들여지기까지 이리저리 부딪히며 아파하게 되고 결국 미처 길들여지지 못한 채 돌아서는 경우도 많다. 그렇게 헤어진 인연들은 유독 잊히지 않는다. 가슴에 맺힌다. 어른이 된다는 건 무슨 일에서건 더 노련해지는 게 아니라, 그저 자신의 서투름을 인정하며 살아가는 일인가보다.

식도락 소녀의
심야식당 클래스

함바집에서 시작된 미식 르네상스

굳이 '식도락'이라 칭할 만한 일인지는 모르겠지만 여하튼 밥 한 끼를 먹더라도 주어진 여건 안에서 최대한 맛있는 걸 먹어야 한다는 자세는 수입의 8할을 먹는 것에 투자하는 집안에서 태어나 자연스럽게 익혔던 것 같다.
그리고 고3이 되어 그때까지 익혀온 식도락을 몸소 독립적으로 실천할 기회가 생기면서 나의 '미식 르네상스'가 열렸다. 입시생이라는 명목 아래 한시적으로 주어진 화수분의 지갑을, 『성문 종합영어』와 『수학의 정석』이 든 책가방에 장전하고서.

고등학교 1, 2학년 때까지만 해도 나는 그저 보통의 여고생처럼 먹었다. 학교 옆 꽃샘분식에서 떡볶이를 먹거나, 롯데리아에 들러 햄버거를 먹고, 매점에서 소보로빵과 삼각형 우유를 사 먹었다. 그 당시엔 이 세 가지가 여고생형 외식 메뉴의 트라이앵글을 이루고 있었으니까.

내가 그 트라이앵글에서 벗어나 '미식가 여고생'으로 발돋움하게 된 것은 본격적으로 미대 입시를 준비하느라 서울 변두리를 벗어나 신촌에 있는 화실로 그림을 그리러 다니기 시작하면서부터였다. 늘 쫓기듯 바빠 잠은 부족한데 이유 없이 배는 계속 고프고 불만만 가득했던 그때, 나는 화실에서 허락한 15분의 짧은 저녁식사 시간 동안 여고생이 선택할 수 있는 최고의 밥 한 끼(라지만 20년이 지난 지금 생각해봐도 그건 왕성히 사회생활을 하는 직장인 남성의 식단으로 내놓아도 부족할 것 없는 레퍼토리였다)를 탐하며 그 모든 스트레스를 이겨냈다.

신촌에서 처음 만난 신세계는 '버거킹 와퍼'였다. 당시 서울의 버거킹 매장 수는 손에 꼽을 만큼 적었다. 그냥 햄버거로 분류하기엔 차원이 다른 와퍼의 맛에, 난 곧 15분 만에 두 개를 먹(어치우)는 묘기를 부릴 수 있게 되었다. 와퍼주니어란 건 존재하지도 않는 시절이었고 와퍼 자체도 지금보다 훨씬 컸음을 감안하면, 그 시절 나의 식탐이 정말 '묘기'에 가까웠다는 표현이 무리는 아닐 것이다.

비가 오거나 날이 쌀쌀할 때는 신촌 그레이스 백화점 옆의 '신촌 수제비'를 찾았다. 엷은 멸치 육수와 조미료 맛이 적절하게 어울려 입에 착 붙는 국물에 반죽을 얇게 밀어 하늘거리는 수제비 건더기를 호로록 삼키면 그렇게 맛있을 수 없었다. 이대 앞 '미리내 분식'의 오징어

덮밥도 똑 떨어지는 칼칼하고 매콤한 맛에 반해 자주 찾았고, 국물이 훌훌한 '민주네 떡볶이'도 대학에 붙기만 하면 매일 여기서 점심을 먹겠다고 다짐할 정도로 맛있었다.
모의고사 성적표라도 나오는 날에는 매콤한 회냉면과 그 매운 맛을 달래줄 만두 한 접시를 같이 사 먹은 다음 빵빠레로 입가심을 했고, 가끔 화실에서 치킨을 시켜놓고 수채화의 정물로 사용하느라 갖다 둔 소주나 맥주를 훔쳐 마신 뒤 빈 병만 제자리에 돌려놓기도 했다. 그 밖에 지금은 이름이 가물가물하지만 신촌 명물거리에 있던 대부분의 밥집과 카페 들을 돌면서 날마다 맛있는 밥과 디저트를 먹고 이미 반쯤은 대학생처럼 지냈던 것 같다.

'결국'이라고 해야 할지 '마침내'라고 해야 할지는 모르겠지만, 고3 시절 미식 르네상스의 정점은 소위 '함바집'이었다. 신촌 다주 쇼핑 뒤쪽 시장 안에 벌인 공사판 앞에 간판도 없이 서 있었는데, 공사장 인부들이 밥을 대 먹는 곳으로 테이블 두어 개가 놓인 작은 식당이었다. 규모를 따지자면 본격적인 함바집은 아니었지만 따로 메뉴 없이 그날그날 준비된 재료로 백반을 내주었으니, 운영 방식만큼은 전형적이었다. 세상의 모든 직장인들이 꿈꾸는 '집에서 차려 먹는 것 같은, 평범하지만 매일 다른 종류의 반찬과 찌개'가 나오는 딱 그런 식당.
직장인과 다름없던 수험생에게도 그 식당은 파라다이스이자 미식의 종착점이었다. 그전까지만 해도 잘 몰랐던 묵은 나물들이나 투박한 청국장의 맛에 그때 눈을 뜨게 되었다. 계란프라이, 계란찜, 계란말이로 매일 바뀌는 달걀 반찬들이나 지금도 가끔 생각나는 오징어채 무침과 오이무침까지 정말 맛있었는데 요리라면 어디 가서 빠지지 않는 우리 엄마가 만들어주는 반찬보다 더 좋아할 정도였다.
식당 아주머니와 그곳을 찾는 공사장 아저씨들은 교복치마 아래 체육복 바지를 받쳐 입고 매일 함바집을 찾아와 넉살 좋게 밥을 시켜 먹는 여고생들을 무척이나 흥미롭게 여겼다. 늘 다정하게 대해주시는 그분들이 고마워 나는 거의 입시 전 마지막 날까지 그곳을 찾아갔다. 미식의 끝은 결국 화려한 메뉴의 음식이 아니라 평범한 집밥이라는 사실을 처음으로 실감했던 때가 아니었나 싶다.

금쪽같은 고3의 시간을 이토록 밥에 집착하느라 공부에도 그림에도 소홀히 한 나는 결국 입시에서 낙방하고 말았다. 하지만 지금 생각해 봐도 그 시절이 식도락의 기초를 다지고 미식에 눈을 떠 훗날 요리선생이 되는 데 밑거름이 된 게 틀림없다. 아울러 그때 미식가로 살 수 있었던 건 순전히 화수분의 지갑을 허락한 부모님 덕분이니 이 자리를 빌려 부모님에게 감사 인사라도 해야 할 것 같다.
그나저나 이제는 화수분의 지갑 대신 밑 빠진 독만 있으니 나의 아름다운 포스트 미식 르네상스는 언제 돌아올까.

6년 전의 위시리스트

우연히 블로그를 처음 개설할 때 써놓은 자기소개 글을 보았다. 블로그를 개설한 지 햇수로 육칠 년쯤 되어가니 아마 그즈음에 적은 것일 텐데, 그 이후 딱히 내 프로필을 다시 볼 일이 없어 이제껏 잊고 있었다. 나의 닉네임과 좋아하는 것, 싫어하는 것 등으로 채워져 있는 자기소개 글에서 유독 눈에 띄었던 건 내가 써놓은 '위시리스트'였다. 그때 내가 구체적으로 무엇을 바라고 살았는지 궁금해하며 위시리스트를 읽어내려갔다.

평일 대낮의 씨네큐브, 화이트와인 한 잔, 햇빛 잘 드는 부엌, 키친에이드 반죽기, 편집이 훌륭한 요리책, 맛있는 음식, 그리고 이 모든 것을 즐길 수 있는 넉넉한 시간.

뭐야, 다 가졌네?

위시리스트를 읽고 제일 먼저 든 생각이었다.

이제는 주말에 영화관에 가는 경우는 손에 꼽을 정도로 평일 영화 감상이 나의 일상이 되었고, 화이트와인은 계절과 시간을 가리지 않고 언제든 냉장고에서 꺼내 마실 수 있으며, 은행과의 채무관계가 어떻든 간에 내 명의로 된 햇빛 잘 드는 부엌을 가진 것이 4년 전의 일이고, 키친에이드 반죽기로 빵을 만들어 먹기 시작한 지도 그와 비슷한 시간이 흘렀다. 요리책은 이미 차고 넘쳐 어느 책에서 어떤 요리를 다뤘는지 다 헤아릴 수도 없을 정도고, 맛있는 음식은 현실이 허락하는 한 매일 도모하며 살고 있다. 내가 계획적으로 쓰지 못하는 게 문제지 시간도 충분히 많다면 많다.

이렇게 보면 적어도 6년 전에 바라던 것들을 다 이뤘으니 딱 그만큼이라도 뿌듯해하거나 잘 살아왔음에 감사해야 하는 게 당연한 일일 텐데, 그때보다 불행하다고 할 수는 없지만 그렇다고 행복하단 생각도 들지 않았다. 오히려 고작 이런 것이 6년 전에 그토록 바라던 위시리스트였나 싶어 조금 허탈했다.

물론 막연한 꿈이나 포부와는 달리 위시리스트는 가까운 미래에 이루어질 만한 구체적이고 현실적인 바람들이게 마련이지만, 그렇다 치더라도 한때 내가 품었던 바람이나 열망했던 삶의 모습이 참 가볍고 사소하고 시시해 보였다. 겨울이 지나면 봄이 오듯 시간이 지나면 자

연스레 얻어지는 것들이 대부분이었는데도, 그것들을 '위시리스트'라고 거창하게 이름 붙여서 6년이 넘도록 블로그에 공개하고 있었다니 민망한 웃음만 나왔다. 그때는 당장 그것들이 내 손에 없다는 현실에 얼마나 불만을 가졌던지. 언젠가는 이루어질 것을 서둘러 탐내고 자책하느라 쓸데없는 에너지를 소비하며 살았던 시간이 몹시 한심스러웠다.

결국 그때 바라던 것들을 다 이루었음에도 그다지 기쁘지 않고, 바람을 이루기 위해 나름대로 부단히 애썼을 나를 스스로 격려할 마음조차 들지 않으니…… 아마도 6년 전에 작성한 위시리스트는 끊임없는 욕심과 바람 들에 지쳐가던 내가 그 시절의 삶을 불평하기 위해 만든 '핑계리스트'였나보다.

하루키와 닮은 스스무 선생님

하루키의 글을 읽다보면 마치 스스무 선생님의 말씀을 듣고 있는 듯한 느낌이 든다. 딱히 어떤 부분이라고 말하기는 어렵지만 하루키 글 전반에 흐르는 그레이브라운색 감정의 톤이라든지, 어디에도 구애받지 않는 사람처럼 일면 무심한 듯하지만 알고 보면 따뜻한 인간애로 가득한 그 무엇을 스스무 선생님에게서도 똑같이 느꼈다. 하루키와 스스무 선생님 둘 다 1949년 일본에서 태어났다는 가장 확실한 공통점도 있다. 나는 하루키의 글에서 스스무 선생님의 목소리를 듣기도 하고 스스무 선생님과 대화하면서 하루키를 가까이에서 관찰하는 듯한 즐거운 착각에 빠지기도 한다.

내게 요리를 가르쳐주신 분들은 많았지만 '선생님'으로서 유효한 의미를 가지는 분은 오로지 스스무 요나구니 선생님뿐이다. 스스로를 국적이 없는 '세계인'이라고 말하는 선생님은 오키나와에서 태어났다. 거기에서 대학을 졸업하고 비틀즈를 만나기 위해 무작정 영국으로 떠났다. 그때부터 전 세계를 여행하며 요리하고, 책도 좀 읽고, 도자기도 빚고 뉴욕에서 지금의 한국인 부인을 만나 함께 레스토랑을 운영하며 까다롭기로 정평이 난 뉴요커들에게 인정을 받았다. 현재는 부인의 조국 한국, 이태원에서 그녀의 성을 딴 레스토랑 '오키친'의 셰프로 일하고 있다.
스스무 선생님은 내가 알고 있는 요리에 대한 지식의 대부분을 가르쳐주신 분이기도 하고, 불확실한 미래 때문에 혼란스러운 시간을 보내고 있을 때 술 한 잔 건네며 날 격려해주신 분이기도 하다. 선생님의 조언은 늘 절묘한 타이밍에 나에게 큰 용기가 되었다. 그것은 나를 위한 격려이기 이전에 하나의 성찰이고 완성도 높은 문학적 비유 같아서 스스무 선생님을 요리 스승으로는 물론이고 인생을 일러주는 철학자로서 내 마음에 깊이 새기게 되었다.

선생님께서 내게 해주신 주옥같은 얘기들이 참 많은데 그중에 두고두고 잊히지 않는 것이 있다. 가진 것도 없고 할 수 있는 것도 없어서 분노밖에 남지 않았던 날이었다. 이날 나는 와인 한 잔을 앞에 두고 선생님 말씀에 귀기울이며 모든 분노를 내려놓았다.

서노기야.

원래 높은 산에 올라가면 바람이 많이 부는 법이야.

이제 시작일 뿐이야.

더 높이 올라갈수록 더 많은 바람이 불 거야. 그걸 견딜 수 있어야 해.

나는 너의 혀를 믿는단다.

그러니까 너도 너의 혀를 믿어야 해.

그리고 너를 믿고 있는 사람들도 생각해야지.

아무것도 아닌 일은 잊어버리자.

알았지?

서른두살에 선생님을 처음 만났던 나는 이제 마흔을 눈앞에 두고 있고 그를 '선생님'이라고 부른 지도 이제 8년이 다 되었다. 여전히 선생님은 내게 요리에 대한 많은 가르침을 주는 '요리 스승'이자, 때로는 길을 잃고 가야 할 곳이 어디인지 몰라 헤맬 때 마치 등산로 나뭇가지마다 묶여 있는 리본처럼 말없이 그 자리에 서서 나에게 길을 안내해주는 '멘토'이다. 그리고 이제는 아무 때고 선생님의 레스토랑에 찾아가면 아끼지 않고 내놓는 맛있는 음식과 술을 먹으며 시시한 농담과 사는 얘기 들을 담담하게 나눌 수 있는 '친구'가 되었다.

세상의 모든 관계에는 불연속성의 한계가 있다. 하지만 스스무 선생님과의 관계에 있어서는 그런 한계를 상상할 수 없다. 물론 흐르는 시간을 막을 수는 없으니 언젠가는 나도, 선생님도 그 한계 앞에 서게 될 날이 오긴 할 것이다. 생각하고 싶지 않지만, 그게 자연스러운 이치니 어쩔 수 없다. 그래도 부디 내가 스스무 선생님을 '선생님'이라고 부르며 자주 뵐 수 있는 시간이 가능한 길었으면 좋겠다.

침묵을 배려하다

내 요리 클래스 중에 공전의 히트를 기록한 강좌가 하나 있는데, 바로 '심야식당 클래스'이다. 이름만 보면 늦은 밤에 열리는 클래스인가 하겠지만 사실은 만화책 『심야식당』에 나오는 음식들을 배워보는 강좌다.

아베 야로가 그린 『심야식당』은 밤에만 문을 여는 도쿄의 어느 작은 식당에서 벌어지는 여러 가지 에피소드들을 엮은 책인데, 그곳의 셰프는 메뉴에 상관없이 재료만 있다면 손님이 원하는 웬만한 음식은 다 만들어준다. 지극히 평범한 사람들의 추억이 얽힌 소박한 요리에 대한 이야기이다보니 화려하거나 단박에 당기는 맛은 없지만, 은근한 미소와 여운이 있는, 뭐랄까, 최소한 이것이 내 취향이라고 말할 수 있는 책이다.

『심야식당』을 읽고 나서 그 책에 등장하는 요리 몇 가지를 묶어서 클래스를 진행해보고 싶다는 충동이 일었다. 일반적인 쿠킹 클래스와는 다른 성격이라 과연 몇 명이나 모일까 걱정이 앞섰지만, 원래 재미있는 일치고 당연하고 예측 가능한 경우는 없으며 그 상당수는 충동적인 '지름'에서 비롯되는 것임을 상기하곤 무작정 수업 공지를 올렸다.
이건 분명 자랑인데 '심야식당 클래스'는 (어쩌면 내 예상대로) 매회 마감되었다. 앵콜에 앵콜 클래스를 거듭해도 빈자리가 없을 정도였다. 나는 이런 괜찮은 클래스를 기획한 내 스스로를 기특해하기 전에, 이 클래스를 존재하게 한 세인 씨를 먼저 떠올리지 않을 수 없었다.

세인 씨는 내가 클래스를 처음 열 때부터 지금껏 자리를 지켜주고 있는 원년 멤버이자, 나의 여행 친구다. 세인 씨도 그럴지는 잘 모르겠지만 나에게 있어 세인 씨는 다른 어떤 호칭보다 '친구'라는 단어가 잘 어울리는 사람이다. 그렇게 생각함에도 불구하고 세인 씨의 정확한 나이를 모른다는 것이 좀 우습긴 한데, 몇 번 물어본 적이 있긴 하지만 굳이 기억해야 할 이유가 없어서인지 매번 잊어버린다. 그냥 나보다 두어 살 어리겠거니 생각하고 있다.
나에게 『심야식당』을 권해준 사람이, 그 덕분에 '심야식당 클래스'를 열 수 있게 한 사람이 바로 세인 씨다. 언젠가 그녀가 내 부엌에 슬쩍

두고 간(세인 씨의 선물 방법이 늘 이렇다) 『심야식당』 1권은 세상이 어떻게 돌아가는지에 상관하지 않고 건조하게 지내던 나에게 아껴 먹고 싶은 초콜릿 같은 달콤한 즐거움과 수면양말 같은 따뜻함을 다시 맛보게 해주었다. 그리고 그 책 덕분에 실용성은 잘 모르겠지만 재미는 장담하는 '심야식당 클래스'를 개설하려는 동기가 생겼으니, '심야식당 클래스'의 흥행 뒤에 세인 씨를 떠올리는 게 당연하지 않을까.

세인 씨와 내가 여행 친구로 만난 때는 그녀가 대구에서 근무하던 시절이다. 여행을 즐기는 편인 세인 씨와 여행을 가보지 못한 것이 억울한 나의 상황, 혹은 경제학을 전공한 그녀의 논리와 미술을 전공한 나의 즉흥적 기질이 제법 죽이 잘 맞았던 것 같다. 여행지를 고르거나 일정을 짜는 건 물론, 식당을 고르는 취향도 비슷했고 무엇보다 서로 아무 말 하지 않고 있어도 참 편했다. 나와 잘 맞는지 판단하는 기준 중 하나가 나란히 앉아서 아무 말 없이 먼 하늘을 보고 있어도 어색하지 않은 사이였으니까. 아무 말하지 않아도 상관없는 사이와, 아무 말하지 않아도 괜찮은 사이는 분명히 다르니까.
그래서 나는 세인 씨가 지루한 밤길을 운전하는 동안 말없이 먼 하늘을 보며 음악을 듣고 있어도 크게 미안하지 않았다. 우연치 않게 세인 씨와 여행할 때는 늘 심적으로 힘든 시간이었는데, 그때마다 그녀가 배려해준 덕에 먼 하늘을 바라보며 따뜻한 침묵의 시간을 갖고 많은 위로를 얻을 수 있었다. 그녀와 대구, 지리산, 거제도, 통영, 포항, 경주를 여행하는 동안 나는 늘 많이 고마웠다. 이 사실을 그녀에게 한 번도 말한 적은 없지만.

세상에 세인 씨 같은 남자가 있다면 나는 망설이지 않고 당장 그에게 대시할 것 같다. 그러나 아쉽게도 세인 씨나 나나 여자를 사랑하는 취향은 가져본 적이 없다.
세인 씨와의 어느 여행길에서 그녀가 내게 말했다.
"선생님, 아파트 옆 동 정도 거리에 사는 남자 친구가 있었으면 좋겠어요. 친구보다는 가깝고, 애인보다는 조금 거리를 둘 수 있는 사람. '메이트' 같은 거 있잖아요. 저녁에 가끔 술도 마시고 이렇게 좋은 곳에 여행도 같이 오고……."
"맞아요. 동감."

나는 가끔 상상한다.
세인 씨와 내가 각자 마음에 맞는 메이트를 만나 넷이서 함께 여행하는 것을. 세인 씨나 나나 그런 사람이 생겨도 주변에 대고 열렬히 소개할 타입들은 아니지만, 아마 세인 씨와 나처럼 우리의 남자 친구들은 굳이 소개해주지 않아도 서로 잘 맞을 게 분명하다. 그런데 내 생각에 우리에게 동시에 메이트가 생기는 일은 우리가 동시에 로또에

당첨이 되는 것만큼이나 쉽지 않을 듯싶다. 아마도 당분간은 둘만의 여행을 계속할 것 같은 강력한 예감이 드는 게 기분이 좋기도 하고 안 좋기도 하다.

남편 하나 장만했어요

남편 있는 여자들은 말한다.

달걀흰자 거품 내는 건 남편들에게 맡기세요.

식빵은 꼭 남편이 집에 있는 날 반죽해야 해요.

안 그러면 팔 빠져요.

나도 언젠가는 남편이 생길 줄 알았다.

그러면 달걀흰자 거품 내는 것도 좀 부탁하고

식빵 반죽도 좀 해달래고.

날이면 날마다 혼자 어깨가 빠지도록 달걀흰자 거품을 내고,

손목이 시큰거리도록 식빵 반죽을 치대면서 그날을 기다렸다.

근데, 안 생기더라.

남편 대신 생긴 거라곤 팔뚝의 근육뿐.

그래서 남편 대신 키친에이드를 들였다.

거금을 들여 아주 비싼 것으로.

키친에이드는 달걀흰자 거품도 훨씬 잘 내고

빵 반죽도 빨리 잘하더라.

아니, 잘하는 정도가 아니라 아주 '어메이징'한 능력을 발휘하더라.

그렇게 열심히 일하면서도

남편처럼 투덜거리는 법도 없고 밥 차려내라고 잔소리하지도 않고

묵묵히, 완벽하게 자기 할 일만 할 뿐이지.

아주 맘에 쏙 들어.

키친에이드는 내 남편.

물론 돈을 벌어오지 않는다는 것이 조. 금. 많. 이. 아쉽지만,

그래도 아주 든든한 남편과 같은 존재.

사랑해, 키친에이드.

'가지' 않은 길

쿠킹 클래스를 진행하면서 의외로 음식 가리는 분들이 많다는 걸 알게 되었다. 편식이랄 것까지는 없고 개개인의 사소한 음식 취향 정도로 볼 수 있겠지만, 일부러 요리수업을 들으러 오시는 분들이 가리는 음식이 많다는 게 조금 의외였다. 가리는 음식이 전혀 없어서 민망한 나로서는 그분들의 소녀스러운 취향이 좀 부럽기도 했다.

클래스에서 호불호가 크게 갈리는 음식은 아무래도 육류 계통인데, 사실 그 자체의 맛을 싫어한다기보다는 어떤 고기든 지방덩어리가 눈에 보이는지 아닌지에 따라 기호가 결정된다는 사실을 발견했다. 여자들은 대체로 고기의 지방을 모두 발라내고 먹는다. 삼겹살도 비계가 붙은 부위에 더 집착하고 닭고기도 껍질이 더 좋은 나로서는, 클래스를 마친 후 접시 위에 발린 비계와 닭 껍질을 음식물쓰레기통에 버릴 때마다 살코기와 비계의 완벽한 조화를 만들어낸 신에게 대단한 실례란 생각이 들어 용서를 구하는 마음이 된다.

고기 말고 향신료나 향신채에서도 사람들의 기호가 드러난다. '바질'이나 '타임' 같은 서양식 향신료들이야 이젠 다들 익숙해져서 가리는 사람들이 거의 없지만, 동남아시아나 멕시코로 넘어가 '고수'에 이르면 클래스는 패닉 상태가 된다. 고수가 뿌려진 음식 접시가 지나가면 일그러진 얼굴로 몸을 멀리 피하는 모양새나, 딱 하나만 먹어보라는 나의 권유에 큰 결심이라도 한 듯 결연한 표정으로 음식을 집어 드는 모습을 보면 사약이라도 받는 것 같다. 내 사랑스러운 고수들이 이유 없이 악역이 되고 천덕꾸러기가 된다.

사실 이 정도는 이해할 수 있다. 고기의 지방이 몸에 썩 좋은 것도 아니고, 때로는 나도 어설프게 요리한 고기의 비곗덩어리들이 싫은 날이 있다. 그리고 고수는 일단 그 맛에 중독되면 금단현상까지 경험하게 되는 마약과도 같은 향신채지만 그 맛에 적응하기까지 다소 시간이 걸린다. 나에게도 쉬운 향신채는 아니었다.

그러나!

가지를 안 먹는 사람들이 많다는 것은 정말 충격적이었다. 어쩌다 가지가 고기의 지방덩어리나 고수 같이 특이한 향을 가진 향신채들과 동급의 대우를 받는 처지가 된 걸까. 나의 이런 물음에 클래스에서 '안티anti가지파'인 사람들의 답은 이랬다.

채소 주제에 겉은 형광 보라색!
익은 가지 색깔 좀 봐, 설마 이것은 똥색?
그리고 이 불쾌하고 물컹거리는 질감.

클래스 메뉴 중에 '가지미소구이'가 있는 날에는 그것이 '가자미구이'의 오타이길 바라며 수업에 왔노라 말하는 사람까지 만났을 때, 나는 앞으로 맛있는 가지 요리 레시피를 더욱 많이 시도해봐야겠다는 사명감에 불타올랐다. 나락으로 떨어진 가지의 위상을 되살리겠다는 요리선생의 굳은 결심은 구국의 심정과 같았다.
가지는 여름에 많이 먹는 흔한 채소인데 우리나라뿐 아니라 지중해 지역이나 동남아를 비롯한 전 세계에서 사랑받고 있다. 우리나라에서는 보통 살짝 쪄내거나 말려 나물처럼 무쳐 먹는 데 비해 다른 나라에서는 그 조리법이 실로 다양하고 비주얼도 세련됐다. 객관적으로 평가하자면 우리식 가지 요리가 부족한 면이 많긴 하다. 가지의 가장 큰 단점인, 퉁퉁 불어 풀어헤쳐진 밧줄 같은 칙칙한 비주얼을 부각시키는 요리뿐이니, 가지를 꺼려하는 사람이 나올 수밖에. 그런 이유로 나는 클래스에서 여러 나라의 다양한 가지 요리들을 선보이기로 했다.

내 클래스의 안티가지파가 가장 먼저 가지 맛에 눈을 뜨게 된 음식은 라따뚜이였다. 라따뚜이는 프랑스식 채소스튜로 가지, 호박, 파프리카, 양파 등을 토마토소스에 넣고 끓이는 소박한 음식이다. 고기 한 점 넣지 않고 오로지 채소로만 우려내는 자연스러운 맛을 고집한다. 좀 촌스럽기까지 한 라따뚜이는 제대로 끓여 하루 정도 묵혔다 먹으면 아주 매력적인 요리가 되는데 특히 그중에서 가지의 맛은 아주 별미다. 입안에 넣는 순간 토마토소스를 살짝 뿜어내면서 보드랍게 녹는 가지의 질감을 암만 안티가지파라 해도 모른 척할 수는 없었나보다.

그리고 영양부추 비빔장을 곁들인 흑룡강식 가지밥, 사케 안주로도 좋은 미소를 발라 구운 촉촉한 가지구이, 액젓으로 양념한 우리식 가지찜 등의 가지 요리들이 이어졌다. 가지의 명예를 지키기 위한 사명감과 가지 맛을 모르는 안티가지파를 향한 안타까움이 충분한 동기가 되었는지, 클래스에서 만든 가지 요리는 대부분 성공적이었다. 안티가지파로부터 감사의 인사도 많이 받았다. 평생 안 먹으려고 했던 가지가 이렇게 맛있는 줄은 몰랐다고, 가지의 세계로 인도해주어 고맙다고 말이다. 그러게 내가 뭐랬어요. 안 먹어보면 억울할 뻔했죠?

이제껏 모르고 살아서 억울한 생각이 드는 것이 비단 '가지의 맛'만은 아닐 것이다. 먹어보지 않았으면 몰랐을 가지의 맛처럼, 가지 않았다면 몰랐을 길들이 참 많다. 인생의 즐거움은 때때로 가보지 않은 길에 더 많이 숨겨져 있는 듯하다. 그곳을 가지 않고 남겨두는 건 아직 풀어보지 않은 선물 상자를 그냥 내버려두고 있는 것과 같다.
혹시라도 두려워하거나 망설이는 일이 있다면 일단 한번 가보시길…… 가지를 먹는 심정으로, 별일 아닌 것처럼. 그 작은 시도가 내 인생의 미래를 결정할 수도 있을 테니까.

생각해보니 나는 못 먹는 것이 없어서 겁도 없이 살았다.

무시무시한 기름폭탄

튀김은 맛있다.

뭐든 튀겨서 맛없는 재료는 없으니까. 그래서 가끔은 기름의 발견이나 튀김의 탄생이 위대한 일인 양 느껴질 때도 있다. 하지만 이 매력 넘치는 튀김에도 단점이 있다. 튀김을 요리하려면 위험하기 이를 데 없는 끓는 기름을 아주 조심스럽게 다루어야 한다. 잘못하다간 기름폭탄을 맞는 수가 있다. 아는 사람은 안다. 끓는 기름의 공포를. 오죽하면 '화탕지옥'이라는 말이 나왔을까.

클래스에서도 종종 튀김 요리를 만들곤 하는데 그날은 표고버섯탕수를 만드는 날이었다. 표고버섯탕수는 불려둔 녹말에 표고버섯을 넣고 버무려 각기 다른 온도에서 두 번을 튀겨내야 한다. 표고버섯은 항상 기름폭탄을 터뜨리는 물오징어만큼 못돼먹은 재료는 아니라고 생각했건만…….
이미 한 차례 튀겨낸 표고버섯을 높은 온도에서 한 번 더 튀기려고 기름 솥에 넣었는데, 얼마 지나지 않아 난데없이 펵 하는 소리와 함께 커다란 기름방울들이 솟구쳐 올라 내게 쏟아져내렸다. 먼저 안경에, 그리고 목과 발뚝에, 발 위에도 잔뜩 튀었다. 끓는 기름을 뒤집어썼는데 생각보다 뜨겁지 않았다. 그 순간 언젠가 TV에서 보았던 요리사가 떠올랐다. 튀김기름에 손가락을 넣어 휘휘 저어가면서 재료를 튀겼는데…… 어라, 까짓 나도 할 수 있겠는데!

기름이 별로 뜨겁지 않다고 생각한 것은 잠시 동안 나의 착각이었을 뿐, 1시간쯤 지나자 통증이 시작되었다. 가장 심하게 기름폭탄 세례를 받은 발등은 실내화 덕분에 무사했지만, 목덜미는 아주 빨갛게 부어올라 몹시 쓰라리고 아팠다. 안경에 정통으로 날아든 기름방울을 보고 있자니 만약 안경을 쓰지 않았다면 어찌 되었을까 하는 데 생각이 미쳐 갑자기 튀김을 하는 게 너무 무서워졌다. 그날이 그 주의 첫 수업이라 앞으로 세 번은 더 표고버섯탕수를 만들어야 했다. 그렇다고 남은 수업에서 메인 메뉴인 표고버섯탕수를 뺄 수는 없었다.
결국 그다음 클래스에서 나는 늘 입던 반소매 면 티 대신 긴 소매 옷을 입고 고무로 코팅된 얇은 장갑에 목도리까지 둘렀다. 입은 반쯤 가리고 튀김젓가락 대신 좀더 손놀림이 편한 튀김집게를 집어 들었다. 트라우마를 극복하기 위한 나의 처절한 노력이 조금 우스워 보였는지, 클래스 멤버들은 크게 상처가 난 내 목덜미를 걱정하면서도 차림새를 보며 몹시 즐거워했다. 정말 진지하게 물안경까지 써볼 생각도 했었는데, 이왕이면 뽀로로 코스프레로 학생들을 '빵 터뜨려'볼 걸 그랬다. 어쨌든 그 바보 같은 차림새로 기름폭탄의 위협으로부터 두 번이나 나를 안전하게 지킬 수 있었다. 그 이후로 '목도리'는 내 요리도구 리스트 중에서 중요한 소품으로 등극했는데, 심지어 계절별로 색깔별로 세 개쯤 마련해두었다는 믿거나 말거나 한 이야기.

100% cotton natural fiber
which allow your skin to breathe.
Designed and manufactured
by Atelier et M'amie

'투쌈 플레이스' 어때요?

쿠킹 클래스에서 나는 요리를 가르치고, 학생들은 내게 유머를 가르친다. 가끔은 이 양반들이 요리를 배우러 왔다기보다는 개그 배틀에 더 신경 쓰는 것 같아서 이걸 어쩌나 싶을 때도 있다. 그럼에도 매번 나 역시 주걱 들고 도마 앞에 서서 큭큭대며 웃게 된다.
그러고 나서 메모해두었다가 복습한다는 건 비밀!

1.
추석을 앞두고 클래스에서 연휴 계획에 대해 얘기중이었다.

나 : 이번 연휴엔 어디 가세요?
참한 새댁 : 시댁에 갔다가, 연휴 마지막 날은 남편 회사 사람들이 온

다고 해서…….

나 : 아니, 명절에 웬 회사 동료들이 와요?

참한 새댁 : (참한 목소리로 우아하고 진지하게) 아~ 갈매기.

모두 : …… (갈매기? 사내 동호회 이름인가?)

참한 새댁 : 앗, 갈매기가 아니고 기러기, 기러기!!! 기러기 부장님들, 집밥이 그리울 것 같아서 초대했어요.

모두 : 으하하하. 갈매기…….

참고로 참한 새댁은 '너구리' 라면을 사러 가서 '두더지'를 내놓으라고 한 적도 있단다. 근데 슈퍼 아저씨는 정말로 '두더지' 라면을 열심히 찾으셨다고 한다.

2.

모두 : 라자냐 샘, 감기에 그리 자주 걸려서 어떡해요.

나 : 그러게 말이에요. 왜 매일 이렇게 시름시름 앓는지. 장 샘, 전 왜 이렇게 감기에 자주 걸릴까요? 정말 면역에 문제라도 있는 건가?(참고로 장 샘의 직업은 의사다.)

장 샘 : 혼자 살아서 그래. 남자 만나면 다 나아.

모두 : 이거 봐, 이거 봐. 의사 아니라니깐. 어쩐지~

나 : 아니 그래도 어떻게 처방을 좀 해주세요.

장 샘 : 나는 늘 처방을 준다고 주는데, 본인이 실행을 안 하니 난들 어떡해. 어디 가서 남자를 만나든, 데리고 와서 살든가 해.

모두 : 라자냐 샘, 푹 쉬시고 감기 얼른 나으세요~

장 샘 : (개미만 한 목소리로 비웃으며)힛, 그게 쉰다고 나을 거 같아?

3.

한 클래스 멤버와 앞으로 할 일에 대해서 얘기하던 중이었다.

C : 식당은 안 하고 싶다고 했잖아?

나 : 네. 하고 싶진 않아요. 이상하고 허접한 양식 같은 거 먹을 땐 좀 욱할 때도 있지만…… 근데 식당을 차린다고 해도 양식은 별로 안 하고 싶은데 괜찮으려나…….

C : 그럼 한식집을 해~ 쌈밥집 이런 거!

나 : 쌈밥이요?

C : 투쌈 플레이스 어때? 쌈밥집 투쌈 플레이스. 괜찮지 않아?

나름 진지하게 인생 설계에 대해 얘기중이었는데, 식당 이름 때문에 분위기가 코미디로 급변했다. 그런데 그분의 말씀이 왠지 마음속에서 떠나질 않는다. 투쌈 플레이스 내 거!

찬장 속의 억울한 그릇들

세상에는 세 종류의 그릇이 있다.
예쁘고 쓸모 있지만 비싸서 살 수 없는 그릇.
가격도 적당하고 대충 쓸 만하지만 어딘가 바보 같은 구석이 있어서 돈 주고 사자니 억울한 그릇.
내 상상 속에만 존재할 뿐 아직 누군가에 의해 만들어지지 않은 그릇.

첫번째 그릇은 비싸서 살 수 없으니 하나도 없다.
세번째 그릇은 애초에 존재하지 않으니 하나도 없다.
그래서 내가 가지고 있는 대부분의 그릇이 두번째에 속한다.
현실을 곱씹고 안목과 타협하며 눈물로 합리화해서 어쩔 수 없이 선택한 억울한 그릇들. 내 그릇장은 억울한 그릇투성이다.

내 그릇들이 좀 억울한 모양을 하고 있긴 하지만 제 할 일을 못하는 것은 아니다. 몇 년간 클래스의 테이블 가운데를 차지하고선 제법 주인 행세를 했다. 그리고 가끔 분에 넘치는 칭찬을 받는 경우도 있다. 그럴 때마다 괄시했던 내 모자란 그릇들을 이제는 좀 보듬고 살아야겠다는 생각이 들지만, 그릇장을 열고 모양새를 하나하나 뜯어보고 있자니 그런 생각도 금세 사라진다. 내가 쓸 그릇을 내가 직접 만들어볼까 고민도 해봤지만 이미 난 그렇게 할 수 있던 수차례의 기회들을 떠나보냈다.

첫 대학 입시에서 도예과를 지원했으나 떨어졌고, 내가 다닌 학교에서는 졸업 전공으로 도예를 선택할 수 있었지만 고르지 않았다. 훗날 요리선생으로 살게 될 줄 모르고 입시 준비를 게을리했던 나의 고3 시절을 탓하고, 마음에 드는 그릇이 이토록 비쌀 줄 몰랐던 대학 시절의 나를 탓해보지만, 지나간 시간은 깨져버린 그릇 조각들처럼 다시 원상복구되지 않는다. 이래저래 억울해서 이제라도 수능을 치르고 다시 도자기를 전공해야 하나 싶을 때도 있는, 나는야 억울한 그릇들만 소유한 미대 출신 요리선생.

샴페인에는 꼭 샴페인잔이 필요해

와인을 와인잔에 따라 마신 것만큼이나 맥주잔에다 마신 날도 많다. 애초에 격식을 그리 중요하게 따지는 편이 아니라 와인을 팔지 않는 식당에 와인을 가져가게 되면 그냥 맥주잔에 마시곤 한다. 예컨대 소주 말고 다른 술은 생각할 수도 없는 노량진 수산시장의 양념집 같은 곳에서는 아무리 '코르크 차지본인이 직접 와인을 가지고 갔을 경우 서빙 명목으로 지불하는 금액'를 따로 치른다 하더라도 와인잔 세팅까지 요구하기는 좀 그렇다. 물론 와인잔을 머릿수대로 챙겨 들고 오는 지극정성들도 많기는 하지만, 그런 부담스럽고 짐스러우며 요란한 식도락은 내 취향이 아니다.

어느 날 내가 속한 식도락 모임 멤버들의 단골 양념집인 노량진 수산

시장의 '강변횟집'에 갔을 때였다. 몇 가지 해산물과 함께 와인을 마시기로 했는데 그날의 와인 리스트 중에 꽤나 고급인 '로마네 생비방 Romanee Saint-Vivant'이 끼어 있었다. 그렇다고 양념집에서 와인잔을 달랠 수는 없고 우린 늘 그랬던 것처럼 맥주잔에 와인을 따라 마셨다. 그런데 다음 날, 우리의 모습이 '로마네 생비방을 맥주잔에 따라 마시는 만행을 저지르는 사람들'이라는 내용으로 온라인상에 알려지고 말았다. 알고 보니 강변횟집에서 우리 옆 테이블에 앉아 있던 어느 와인 동호회 사람들이 올린 것이었다. 온라인상에서 그 내용을 접한 사람들에게는 물론, 나와 가까이 지내는 와인 애호가들로부터도 약간의 지탄을 받았다. 자주 마실 수 없는 고급 와인이었던 만큼 조금 예의를 갖췄으면 좋았겠다는 생각이 들기도 했지만, 그렇다고 그날 일을 후회할 정도는 아니었다.

사실 부엌에서 혼자 와인을 마시는 경우에도 종종 아무 잔에나 따라 마실 때가 많다. 어디 와인잔 닦는 일이 쉽기나 한가. 잔의 얇은 두께와 기다란 다리가 그렇게 부담스러울 수가 없다. 설거지하다가 와인잔을 깨먹은 적도 몇 번 있다보니 갈수록 어렵고 두려워졌다. 깨뜨리지 않고 무사히 닦았다 하더라도 물기가 마르기 전에 마른행주로 닦아두어야 물 얼룩이 지지 않으니 여간 귀찮은 게 아니다. 그래서 나는 와인잔 대신 곰돌이가 그려진 작은 물잔을 애용한다.

그런데 로마네 생비방을 맥주잔에 마시는 일을 서슴지 않는 나도 샴페인만큼은 반드시 샴페인잔을 고집한다. 꼭 좁은 입구와 길고 가느다란 몸체를 가진 클래식한 샴페인잔이어야 한다. 조금의 변형도 허락되지 않은, 오히려 너무 전형적이어서 지루할 정도의 그런 샴페인잔 말이다. 왠지 샴페인잔에다 샴페인을 마시지 않으면 그 맛이 제대로 안 난다. 샴페인잔이 와인잔보다 다섯 배 정도 닦기 힘들다는 것쯤은 조금도 신경 쓰이지 않는다. 왜냐하면, 샴페인이니까!

샴페인의 맛은 축제 중 화려한 불꽃놀이와 흡사하다. 좁고 기다란 잔에서 불꽃놀이처럼 피어오르는 반짝이는 기포들을 보고 있으면 기포 너머로 비치는 세상도 그렇게 반짝거릴 것만 같다. 마치 파도의 포말처럼 황금빛으로 잦아드는 샴페인에서 느껴지는 은은한 꽃내음과 달콤한 과일향, 풋풋한 풀 냄새가 한데 섞여 옅게 퍼지는데, 그건 잠깐이나마 무릎을 꿇고 숨을 멈출 수밖에 없게 만드는 우월의 향기다. 그리고 한 모금 머금는 순간 혀끝에 닿는 기분 좋은 서늘함이 입안에서 맴돌고 그 끝에 느껴지는 청량감은 세상 시름과 함께 매끄럽게 목뒤로 넘어간다. 샴페인은 다분히 아름답고 우아하고 합법적인 향정신성 음료다. 이토록 아름다운 술을 어떻게 전용 잔이 아닌 다른 잔에 따라 마신단 말인가.

와인 마니아들은 와인의 끝이 샴페인이라고들 한다. 사실 나는 아직 와인의 '끝'에 이르기엔 미처 밟지 못한 단계가 많은데, 어쩌다 정신 없이 '시작'과 '끝' 사이를 동시에 왔다 갔다 하게 됐는지 모르겠다. 물론 샴페인잔을 고집한다는 사실만으로 샴페인 애호가의 수준에 이르렀다고 할 순 없겠지만. 어쨌거나 샴페인을 샴페인잔에 따라 마시는 일은 간단하게 누릴 수 있는 가장 현실적인 호사다. 종종 그런 호사를 누리려면 좋은 샴페인도 있어야 하고, 그에 걸맞은 샴페인잔도 필요하고, 그 잔을 깨뜨리지 않고 닦아줄 설거지의 요정도 있었으면 좋겠는데 그럼 돈이 얼마나 필요할까. 세상에 돈을 벌어야 하는 이유는 이렇게도 지천이다.

요리책 애호가의 항변

살림 중에 가장 좋아하고 아끼는 것이 요리책이다. 요리선생이니 요리책을 아끼는 게 당연하겠지만 나는 약간 활자중독형이라 요리책을 예쁜 그릇이나 요리 도구 같은 것들과는 비교할 수 없게 완전히 다른 '급'으로 아낀다.

본격적으로 요리에 관심을 갖기 시작한 대학 3학년 시절부터 요리책을 사기 시작했는데, 갈수록 늘어나는 요리책의 만만치 않은 무게와 부피만큼 그것들에 대한 나의 애정도 깊어졌다. 책장의 책들은 빛이 바랜 순서에 따라 그 나이를 가늠할 수 있다. 푸드스타일리스트라는 첫번째 직업을 택하도록 인생의 전환점을 마련해준 요리잡지 《쿠켄》이나 직업과 관계없이 그저 맛있는 요리 사진을 보는 게 좋아서 소싯적에 사 모은 각종 요리책들은 나이가 많은 축에 속하는데, 이젠 색

FEAST
BEST-EVER
RECIPES
donna hay
entertaining
Comfort Food
Provence

PASTA
cook's

도 많이 바랬고 책등도 갈라져 낱장으로 떨어질 지경이다. 스타일링이 촌스럽고 요리도 철 지난 것들이라 요즘엔 거의 들춰보지 않지만, 그래도 내 요리 경력의 시작과 함께한 것들이라 차마 버릴 수가 없어 여태 이고 지고 끼고 산다.

그다음으로 나이 먹은 책은 『*Cooking Ingredient*』라는 요리 재료 사전이다. 요리에 관한 웬만한 재료나 기본적인 소스, 조리도구에 대한 설명이 사진과 함께 총망라된 책이라 요리 초보 때부터 지금까지 두고두고 유용하게 보고 있다. 콘텐츠가 요긴해서 자주 들추다보니 책을 갖고 있던 기간에 비해 많이 낡은 편이다. 사람으로 치자면 원래 나이보다 늙어 보이는 '노안'의 책이라고나 할까. 하긴 애초에 저 멀리 밴쿠버에서부터 싸들고 온 책이니 다른 책들보다 좀 피곤하게 살기도 했다.

내 책장에는 『*Cooking Ingredient*』 말고도 피곤한 여정을 거쳐 온 책들이 많다. 미국, 캐나다, 일본, 홍콩, 싱가포르, 태국 등 여행을 다녀올 때마다 커다란 슈트케이스의 반 이상을 책으로 채워 날랐으니까. 공항에서 짐을 부치거나 택시에서 짐을 내릴 때, 그리고 호텔에 맡겨뒀던 짐을 되찾을 때마다 크기에 비해 이상하리만치 무거운 내 슈트케이스를 대하는 이들의 불편한 눈빛을 온몸으로 받아내며 가져온 자랑스러운 책들이다.

언제부터였나 책을 사들이는 속도가 요리책 한 권을 진득하니 읽어내는 속도를 능가하기 시작했다. 월간지와 격월간지를 나오는 대로 사고, 좋아하는 스타일리스트의 책이 새로 나왔대서 사고, 내 생일이니까 사고, 기분이 우울해서 사고, 또 기분이 좋아서 요리책을 사곤 했다. 요리 공부를 위해 책을 샀다기보다는 요리책을 모으려고 요리책을 사던 시절이었다.

계속 그 페이스로 요리책을 사들였다면 아마 지금쯤은 '요리책 중독자'로 살고 있을 테지만, 빵빵하게 불어놓은 풍선도 알게 모르게 조금씩 바람이 빠져나가듯 다행히 요리책에 대한 나의 소유욕도 적당히 보기 좋게 빠져서 요즘엔 괜찮아 보이는 요리책이라도 한 번쯤 더 생각해보고 사는, '요리책 애호가' 정도에서 멈췄다. 이미 요리책은 살 만큼 샀다는 마음의 여유도 생겼고.

요리책 중독자와 애호가 사이를 넘나들며 십수 년간 요리책을 사 모으다보니, 이제 좋은 책인지는 표지만 봐도 알 수 있다. 예나 지금이나 좋은 요리책을 고르는 기준 중 하나는 편집이 잘된 것이다. 책에 실린 사진 속 요리 스타일링이 좋고, 사진 해상도가 좋은 것. 만약 사진 없이 텍스트로만 이루어진 요리책이라면 텍스트의 폰트와 컬러에 신경을 써서 편집한 책은 대체로 믿어도 좋다. 종이의 질이나 프린트 상태도 책을 고를 때 아주 중요한 요소 중 하나라서, 심지어 서점의 책장에 손을 대고 주르르 만져봐서 종이 질감이 좋으면 제목도 안 보고 산 적도 있다.
책의 껍데기가 뭐 그리 중요하냐고 물을지도 모르겠지만, 요리책만큼 인물값을 제대로 하는 것도 드물다. 책의 전체 제작 공정에, 특히 표지나 본문 사진과 편집디자인 등에 투자할 줄 아는 출판사라면 검증되지 않은 레시피로 책을 만드는 어리석은 일은 하지 않을 것이기 때문이다. 이 기준은 그간 수많은 요리책을 사서 거기에 실린 레시피로 수도 없이 요리를 해본 사람으로서 자신 있게 말할 수 있다.

오늘도 난 책장 가득한 요리책을 살펴본다. 허리가 휠 정도로 고생하며 여기저기서 짊어지고 온 책들이다. 무슨 영화를 누리려고 이걸 다 모았나 싶을 때도 있지만 꼭 필요할 때마다 아주 맛있는 밥 한 끼가 되어주는 책들이다. 사는 것이 다 밥 먹자고 하는 일이란 생각을 해보면 이 책들은 나름대로 나에게 영화를 누리게 해주고 있는 것 같기는 하다. 한 권 한 권 모았던 책들이 이제는 제법 커다란 재산이 되었다. 여행에서는 언제나 내 슈트케이스의 절반을 차지하는 요리책, 다 모아놓으면 내 집의 절반을 차지하는 요리책들이 아마도 내 인생의 절반 정도는 푸짐하게 채워주지 않을까 싶다.

나만의 레시피 만들기

요리선생이라고 해서 세상의 모든 요리 레시피를 알고 있을 거라 기대하는 사람은 설마 없을 것이다. 물론 3년 넘게 클래스를 진행해오면서 똑같은 메뉴로 수업을 해본 적이 없었을 정도로 늘 새로우면서도 완벽한, 나만의 레시피를 찾으려고 노력중이긴 하다. 하지만 나만의 레시피라는 게 그냥 찾는다고 찾아지는 것이 아니다. 끊임없는 테스트만이 완벽한 레시피를 탄생시킨다.

'레시피를 테스트한다' 혹은 '레시피를 만든다'는 건 가장 최상의 상태로 요리를 완성하는 데 필요한 재료들을 계량컵과 계량스푼, 저울로 정확하게 계량해서 표기하는 작업이다. 누구나 계량도구만 있으면 레시피를 보고 똑같은 맛이 나는 요리를 만들 수 있도록 하는 게 목적인 만큼, 요리 과정과 재료의 분량 등을 꼼꼼하게 기록해야 한다. 정확한 레시피를 사용해야 학생들이 수업 시간에 배웠던 요리를 나중에도 똑같이 만들어볼 수 있을 테니, 클래스에서도 레시피는 절대적이다.

레시피를 만드는 데에는 생각보다 많은 인내가 필요하다. 우선 요리에 들어가는 모든 재료를 계량해야 하는데, 필요에 따라 각 재료의 무게와 부피를 조리 전후로 각각 계량해서 조리 과정중에 발생하는 무게나 부피의 변화도 함께 반영해야 한다. 예를 들어 쌀 한 컵이 몇 그램인지, 그것으로 밥을 하면 몇 그램의 밥이 되는지, 그리고 그게 보통의 밥공기로 몇 공기나 되는지 등의 것이다. 주재료 이외에 요리에 들어가는 양념도 모두 계량스푼으로 재야 하는데, 내 경우엔 보통 1/8작은술 단위까지 계량한다. 이때 재료의 계량 난이도나 계절, 상황에 따른 오차가 있으므로 여러 번 계량해서 평균을 낸다.
계량과 더불어 불의 세기와 조리 시간 등도 체크해야 한다. 어떤 두께의 냄비로 어느 정도 세기의 불 위에서 몇 분 동안 끓였는지, 몇 도로 예열된 오븐에서 얼마나 구웠는지 등을 말이다. 사실 이런 부분은 재료를 계량할 때와는 달리 어느 정도 감각에 의지해야 하는 것이라 나는 수업중에 그때그때 상황에 맞는 팁을 학생들에게 전하는 편이다.
레시피를 본격적으로 테스트할 때에는 적정한 재료 양이나 불의 세기 및 시간을 요리하는 동시에 계량한다. 재료를 썰다가 계량을 하고, 맛을 봐가며 요리하다가 메모를 하거나 사진을 찍는다. 이 모든 걸 정신없이 하다 보면 레시피 테스트는 애초에 혼자 해서는 안 되는 일이었나 싶을 때도 있다. 하지만 레시피 테스트가 끝나고 온갖 재료 찌꺼기와 소스 병, 열 개쯤 되는 계량스푼과 서너 개쯤의 계량컵, 각종 냄비와 그릇이 뒤엉켜 아수라장이 된 부엌을 보고 있으면, 차라리 이 꼴은 나 혼자 감당하는 게 낫겠다는 생각이 든다.

초벌 레시피가 완성되면 보관 온도나 그 기간, 방법의 차이에 따른 맛의 변화를 모두 고려해 최종적으로 가장 단시간에 그 요리를 조리할 수 있는 방법을 택해 나만의 레시피를 만들어낸다. 클래스 멤버들 사이에서는 주로 '야매 요리'라고 불리지만, 사실 그 레시피는 이렇게 전혀 '야매'스럽지 않은 방식으로 만들어진다. 혹시 못 믿는 사람이 있을까봐 그동안 레시피 테스트와 관련해 자주 들었던 질문들을 정리해보았다.

"테스트하느라 만든 요리들은 어떻게 처리해?"

예전엔 혼자 다 먹을 때도 있었지만 요즘엔 안 그래. 맛있으면 나눠 먹기도 하고 맛없으면 버릴 줄도 알게 되었어. 보통 가족들과 나눠 먹는데, 다양한 방면으로 입맛이 까다로운 사람들이니 좋은 테스터가 되어주지. 하지만 단지 가족이라는 이유로 실패한 음식을 먹어야 할 때도 있으니 좋지만은 않을걸? 물론 먹기 싫다고 거부하는 경우도 있는데, 그럴 때는 섭섭하기도 해.

"그럴 땐 나 좀 불러주지."

정말 다 먹어줄 수 있어? 진심이야? 처음 클래스를 열 때만 해도 레시피 테스트용 음식들을 먹겠다는 사람들이 줄을 섰어. 우선 그들에게 다짐부터 받았지. 이건 알파테스트라 맛이 없을 수도 있는데 괜찮겠냐고 말이야. 다들 이해할 수 있다고 했지. 근데 정작 음식을 만들어 그 양반들을 부엌으로 불렀더니만 아무도 좋아하질 않는 거야. 뭐든 먹여주면 좋다더니 순 거짓말. 맛있는 것만 좋아하면서! 먹는 사람들이 썩 기뻐하지 않으니 나 역시 민망해졌지. 그 뒤로는 알파테스터건, 베타테스터건 외부인을 테스터로 초대하지는 않아.

"주로 어떤 요리들을 테스트해?"

평소에 늘 먹던 음식 중에서 레시피화하고 싶은 것들이나 레스토랑에서 먹어보고 괜찮은 음식들을 주로 테스트하곤 해. 가끔 내 상상 속의 음식을 만들어볼 때도 있어. 당연히 내가 먹고 싶거나 좋아하는 음식들 위주로 고르게 되는데, 그러다보니 내가 만든 요리들은 아무리 참하게 요리하려고 해도 항상 절묘하게 술안주 분위기가 난다니까. 요리란 게 취향이나 생활을 반영하기 때문에 어쩔 수 없나봐. 언제부턴가 그걸 알아챈 클래스 학생들이 매일같이 술을 들고 오기 시작하고, 그러다보니 사이는 더욱 돈독해지고, 그러다보니 나는 또 술안주 같은 음식을 계속 만들고…… 네버엔딩 음주 쿠킹 클래스야.

"레시피를 완성하기 위해 몇 번이나 요리를 만들어봐?"

상황에 따라 다르지. 어떤 요리는 한 번에 레시피가 잘 정리될 때도 있고, 또 어떤 요리는 열 번쯤은 만들어야 할 때도 있어. 의외로 음식이 간단해 보여도 금세 레시피가 나오지 않기도 하고, 쉽고 익숙한 요리일수록 레시피로 만들기는 더 어렵더라. 간단해 보이는 탕수육 소스만 해도 내가 좋아하는 맑고 투명한 옛날식 탕수육 소스의 절묘한 비율을 재현하기 위해 열 번도 넘게 테스트를 한 것 같아. 간장, 설탕, 소금처럼 기본적인 양념으로만 맛의 균형을 맞춰야 하는 레시피들이 세상에서 제일 어려워. 오히려 조리 과정이 복잡하거나 특별한 소스가 들어가는 요리들이 더 쉽더라고.

“다른 레시피들보다 본인의 레시피로 만든 음식이 가장 맛있다고 생각해?”
내 입맛에 맞춰 레시피를 만든 건데 맛이 없을 리가 있겠어? 나한테는 늘 맛있지만 다른 사람들도 좋아하느냐, 그게 문제지. 물론 다른 사람들도 내 요리를 먹어보곤 맛있다는 얘기를 많이 하는데, 사실 요리를 만들어준 사람 앞에서 맛이 없어도 어떻게 맛없다고 말하겠어. 그래서 나는 누가 나한테 내가 만든 음식이 맛있다고 해도 잘 안 믿는 편이야. 어쨌든 남들은 자기가 한 음식은 맛없다고들 하는데 나는 내가 만든 음식도 맛있더라.

레시피를 테스트하기까지 나는 이런 시간들을 보낸다. 서너 달의 방학과 격주로 비는 시간 사이에 1년치 레시피를 계획해 테스트하고 프리젠테이션을 준비하며, 설거지거리가 쌓인 아수라장의 부엌에서 수많은 시행착오와 친구처럼 지낸다. 이 모든 과정이 쉽지는 않지만 클래스를 진행하는 2시간의 기쁨이 모든 수고로움을 깜빡 잊게 만든다. 딱 한 순간일지라도 클래스를 빛나게 하는 레시피 테스트가 그래서 참 즐겁다.

기쁨과 번뇌와 초조함의 장보기

쿠킹 클래스를 열겠다고 마음먹은 일은 곧 평생 장보기에 시달리기로 결심한 것과 마찬가지란 걸 알았어야 했다. 요리선생이 되겠다고 마음먹은 순간 온갖 식재료를 담은 장바구니를 들고 마치 역기를 든 장미란 선수처럼 벌떡 일어날 수 있어야 하는, 어쩌면 요리선생보다는 먼저 차력사가 되어야 한다는 사실을 알았어야 했다. 장보기가 곧 피할 수 없는 노동과 번뇌와 초조함으로 다가올 것이란 걸 나는 진작 알았어야 했다.

원래는 장보기를 좋아한다. 어떤 음식을 해먹을까 고민하면서 장을 볼 때는 더 그렇다. 파릇하고 싱그러운 채소들이 물기를 머금고 있는 모습이나 향긋하고 반짝거리는 과일, 부위별로 잘 정돈되어 있는 고기와 금방이라도 바다로 헤엄쳐 갈 듯한 수족관 안의 신선한 해물들은 삶의 의욕과 식욕을 동시에 불러일으킨다. 이것도 나름 쇼핑 아닌가. 사고 싶은 것들을 쇼핑카트에 마음껏 담는 즐거움을 만끽하면서도 옷이나 화장품을 쇼핑할 때와는 달리 죄책감은 전혀 가질 필요 없는 쇼핑! 요리를 위해 장을 보는 일은 이토록 신나는 일이었다. 쿠킹 클래스를 시작하기 전까지는.

즐거운 장보기가 노동처럼 느껴지기 시작한 건 4인 가족 기준의 장보기에 익숙해져 있던 내가 32인분의 장보기를 실행해야 했을 때부터다. 수업을 진행하다보면 주중에 따로 장을 보러 갈 시간을 내기가 그리 녹록치 않다. 그래서 수업을 시작하는 주 초반에 웬만한 재료들은 모두 구입해 정리를 해놓아야 한다. 물론 그중 신선식품은 수고롭더라도 매일매일 사러 가야 하지만.
일주일간 수업에 필요한 장거리를 사고 나면 마트의 커다란 카트가 차고 넘친다. 장바구니가 세 개쯤 채워지는 건 예삿일이다. 무게도 엄청 나가지만 보통 요리선생들에게 다 있다는 어시스턴트도 내겐 없고, 다른 여자들이 다 있다는 남편도 없다. 누구 하나 그 짐을 나눠 들 사람이 없다. 오롯이 내가 혼자 해결해야 하는 것이다. 주차장에 차를 세우고 장바구니를 어떻게 들고 가야 할지 막막해하다가, 마치 서커스를 하듯 기기묘묘한 자세로 주렁주렁 장바구니를 이고 지고 끼고 부엌으로 올라와 간신히 짐을 내려놓는다. 나중에 보면 어깨엔 피멍이 들어 있다. 인간이 초인적인 힘을 발휘하게 하는 것은 의지나 열정이 아니라 막다른 길이나 절대 고립임을 깨닫게 하는 '노동의 장보기'.

즐거운 장보기는 때로 백팔번뇌가 되어 나를 괴롭힌다. 일산에는 모두 네 곳의 대형 마트가 있다. 같은 품목이라도 각기 원산지에 따른 퀄리티도 다르고, 그날의 세일가도 달라서 상품을 고르는 데는 수많은 경우의 수가 생긴다. 게다가 각 마트마다 주력 상품이 다른 데다 한 군데 모여 있는 것도 아니어서, 나의 번뇌는 최소한의 동선으로 최상의 상품을 구입하는 것과 최소의 비용으로 최상의 상품을 구입하는 것 사이의 갈등에서 시작된다.

계산에 어두운 나는 심지어 우유부단하기까지 하다. 그래서 늘 마트의 한복판에 카트를 세워놓고 스마트폰으로 상품 가격을 검색하거나 직접 전화를 걸어 문의하고, 각 마트 간의 거리와 걸리는 시간을 백팔 번쯤 계산해보지만 그래도 해답은 나오지 않는다. 결국 내가 이렇게 백 원에 목숨 거는 것이 나의 행복 어디와 연결이 되어 있는가 선문답을 하다가 그저 맘이 내키는 곳에서 장을 보고 만다. 번뇌는 번뇌대로 하고, 결국 행동은 본능에 맡겨버리는 계산치 요리선생의 '번뇌의 장보기'.

즐거운 장보기가 때로 피가 마르는 장보기가 되기도 한다. 늘 그런 것은 아니지만, 꽤 자주 내게 꼭 필요한 재료가 어디에도 없을 때가 있다. 잘 익은 아보카도나 튼실한 아스파라거스 같은 수입 채소가 동네 마트에 없는 것은 그나마 이해할 수 있지만, 그 흔한 표고버섯, 닭다리살, 치커리, 바지락 같은 것들이 없는 경우도 있다. 난감하고 당황스럽지만 이미 메뉴가 클래스에 공지된 이상 어디서든 그 재료들을 구해야 한다.

그때부터 나는 일산에 있는 네 군데의 대형 마트를 돌고, 세 개의 백화점 식품 매장을 뒤지고, 때로는 마포에 있는 농수산물센터나 재료의 종류에 따라서는 한남동 해든하우스까지 찾아가서 장을 봐 온다. 나의 운전대가 F1 카레이서 미하엘 슈마허의 것이라도 되는 양 정해진 시간 안에 반드시 재료들을 구해서 수업 준비를 시작해야 한다. 그것마저도 여의치 않으면 지난봄 어느 수업 때처럼 시작 1시간 전에 가까스로 울릉도에서 전호나물을 퀵서비스로 받는 모험을 감수해야 하는 '초조함의 장보기'.

노동이자 번뇌이자 초조함으로 뒤범벅된 장보기에서 그나마 한 가지 위로가 되는 것은 나의 부엌 바로 앞에 코스트코가 있다는 사실이다. 전국에서도 지점이 그리 많지 않은 마트로, 꼭 필요한 상품이 많은 곳은 아니지만 그곳에서만 파는 상품이 있어서 종종 찾게 된다.

일산에 코스트코가 생기기 전까지 양평점이나 양재점의 미어터지는 주차장에서 얼마나 답답해하며 장을 봤던지…… 그때를 생각하면 내가 부엌으로 쓸 공간을 계약하고 얼마 안 있어 그 앞에 코스트코가 오픈한 것이 얼마나 큰 행운인지 모르겠다. 그래서 50미터 전방에 있는 코스트코에 장바구니 달랑 끼고 슬리퍼를 신고서 어슬렁어슬렁 걸어가다가 주차장에 들어가려고 줄지어 있는 차들을 향해 '니들이 고생이 많다~' 하고 미소 짓게 되는 나의 유일한 '위로의 장보기'.

그럼에도 종종 장보기 본연의 즐거움을 맛볼 수 있는 시간들도 있다. 오전 수업을 마치고 열심히 뒷정리를 하다가 다음 수업 준비도 일찍 끝난 보기 드문 날이면, 초저녁 즈음 장바구니를 허리춤에 끼고 동네 어귀를 이리저리 걷는다. 가끔 할머니 몇몇이 꾸려놓은 조그만 난전이나 없는 것 빼고 다 판다는 채소 트럭, 일주일에 한 번씩 열리는 단지 내 장터를 구경하며 사람 냄새를 느낀다.
마트에서처럼 100그램에 얼마가 아니라 한 소쿠리에 천 원이라는 단위가 매겨지는 곳, 혹은 떨이니까 요만큼 더 줄게 하는 얘기들이 오가는 정다운 시장. 반짝거리는 가지 몇 개와 까만 비닐봉지 넘치도록 꾹꾹 눌러 담긴 상추, 할머니가 직접 까서 담아주는 연둣빛 완두콩의 풋내가 살아 있는 거리 장터에서 장보는 일은 언제나 '기쁨의 장보기'.

쓰다보니 참…….

아마 요리선생의 장보기가 이렇게 처절할 줄은 아무도 몰랐을 거다. 이 처절한 장보기를 견디다가 지칠 때면, 나한테도 장보기의 요정이 있었으면 좋겠다고 바라기도 한다. 하지만 종종 장보는 기쁨을 느낄 때도 있고 무미건조한 생활 속에서 유일하게 '쇼핑'의 욕구를 충족시켜주는 것이라 도저히 포기할 수가 없다. 그래서 나는 오늘도 요리선생 라자냐가 아닌 차력사이자 수도승이자 F1 카레이서가 되어 장을 보러 나선다. 설령 그것이 노동이고 번뇌이고 초조함뿐이라 해도.

초고추장 여사님

마트에는 여사님들이 있다.

마트에서 일하는 아르바이트 아주머니들을 '여사님'이라고 부른다는 사실은 장을 보러 자주 마트에 드나들면서 자연스럽게 알게 되었다. 신문을 통해서 여사님들이 주로 중고등학생, 혹은 대학생 자녀들의 교육비를 마련하기 위해 여가를 이용해 일하러 나온 주부들이란 걸 알게 되었다. 그런데 내가 마트에서 만난 여사님들은 뭐랄까, 아줌마 특유의 친화력으로 무장한 밝고 시원시원한 말투 때문인지 현실의 주름살 같은 건 느껴지지 않았다. 오히려 찾아오는 손님들에게 기분 좋은 에너지를 전해주는 '마트의 요정' 같다고 할까. 그래서 나는 마트의 여사님들이 참 좋다.

마트의 시식 코너나 식재료 코너에서 마트의 여사님들과 대화하다보면 그네들의 매력에 푹 빠질 수밖에 없다. 여사님들 대부분이 원래 집에서는 알뜰하게 살림하는 '주부9단'들이라, 요리에 대해서는 다들 한가락씩 거들 만한 내공과 입심을 가졌다. 그래서 종종 여사님들과 이런저런 얘기를 나누다보면 요리에 대한 좋은 아이디어도 얻고, 처음 보는 재료들을 맛보고 먹는 법까지 배울 수 있다. 나는 그들로부터 마른 표고버섯으로 담백한 전 부치는 방법을 배웠고, 그다지 좋아하지 않았던 어묵도 달걀물 입혀 따끈하게 부치면 좀더 맛있게 먹을 수 있다는 사실을 알게 되었다.

내가 여사님들과 대화하다가 발견한 한 가지 재미있는 사실은 그녀들이 초고추장을 몹시도 좋아한다는 것이다. 언젠가 내가 실곤약과 판곤약을 만지작거리며 어떤 것을 살지 갈등하고 있을 때, 어떤 '여사님'이 혜성처럼 나타나서 곤약이 얼마나 다이어트에 좋은 음식인지 설명하며 실곤약을 초고추장에 무쳐 국수처럼 먹으면 좋다고 추천해주었다. 또 한 번은 콜리플라워를 들추고 있자니 이 '하얀 브로콜리'는 살짝 데쳐서 초고추장에 찍어 먹으면 정말 맛있다고 조언해주었고, 아스파라거스를 얼마나 사야 할지 몰라 잠시 고민하는 사이 조용히 다가와서 아스파라거스는 드셔보셨냐며, 살짝 데쳐서 초고추장을 찍어 먹으면 맛있다고 한 수 두셨다.

그밖에도 각종 해초들, 새송이버섯, 씀바귀까지 여사님들은 초고추장 하나로 아우르지 못하는 재료가 없다. 만약 갑자기 세상에서 초고추장이 사라진다면 여사님들에게 그것은, 열심히 마트에서 일해 번 돈으로 학원 보내며 키운 자식이 대학에 떨어지는 것만큼이나 슬픈 일로 여겨질 수도 있을 듯하다.
그래서 난 여사님들이 초고추장 예찬론을 펼칠 때 최대한 진지하게 즐거운 표정으로 듣곤 한다. 마른 표고버섯전처럼 '득템'할 수 있는 레시피 정보가 쏠쏠하기도 하지만 그보다는 여사님들이 신나서 열심히 일하는 모습에 흥을 돋워주고 싶어서다.

나는 여사님들에게 이미 10년 전부터 실곤약을 초고추장에 무쳐 먹었다는 얘기나 데친 콜리플라워를 초고추장에 찍어 먹는 대신 퓨레로 만들어 구운 오징어를 얹어 먹어도 맛있다거나 아스파라거스도 데리야끼소스로 간을 한 얇은 삼겹살로 말아 구워 먹는다거나 내가 그래도 일산에서는 꽤 알려진 요리선생이란 것을 차마 얘기할 수 없다.
사실은 요리선생에다 노처녀일지언정, 살림에 대해선 아무것도 모르는 새댁의 표정으로 위장하고 여사님들의 신들린 입담에 간혹 맞장구도 쳐가며 즐거운 표정으로 들을 수밖에 없다. 고될 것이 분명한 여사님들의 일과 중 잠시라도 보람을 느낄 수 있는 순간을 내가 망칠 수는 없으니까. 일부러 그렇게 생각하지 않아도 일단 여사님들의 재담이 정말 재미있다보니 자연스럽게 그런 자세를 취하게 되는 면도 있다. 결국 이분들도 다 우리 '엄마'들이지 않나.

나는 마트의 여사님들이 좋다. 뭐든지 초고추장으로 쓱쓱 버무리거나 찍어 먹는 '초고추장 여사님'들이 몹시도 귀엽다. 부디 그분들의 일상이 초고추장처럼 새콤달콤 입맛을 확 돋우는 기쁨으로 가득 차기를, 마트에 갈 때마다 바란다.

3월,
애탕의 맛

겨울을 떠돌던 보리차 향기

어느 날 엘리베이터를 타려고 서 있는데, 어디선가 아주 구수한 보리차 향기가 났다. 오피스텔은 벽 하나를 사이에 두고 수십 채의 집들이 늘어서 있어 아파트보다 가구 수는 많아도 삭막하기는 더한데, 구수한 보리차 향기를 맡는 순간 갑자기 내가 서 있던 서늘한 오피스텔 복도는 어린 시절 어느 겨울날의 따뜻했던 우리 집 마루로 변해 있었다.

지금 생각해보면 믿을 수 없을 만큼 위험한 구조지만 내가 어렸을 때만 해도 대부분의 집에서는 겨울이면 마루 한가운데 연탄난로를 들였다. 그나마 뜨겁고 위험한 물건을 집의 정중앙에 두는 것이 조금 걱정이라도 되는 양 난로 주위에 철망을 둘러 안전지대를 만들어놓기도 했다. 그런데 사실 그 철망은 안전망으로서의 역할보다는 사사로이 빨래를 널어 말리는 빨래 건조대로서의 역할이 더 컸던 것 같기도 하다. 난로의 열기와 건조한 날씨 때문인지 종종 빨랫감들이 생각보다 금세 말라버려 딱 불쏘시개로 쓰면 좋을 만한 상태가 되곤 했다. 허술한 철제 안전망으로 둘러싸인 우리 집 난로 위에는 늘 보리차가 끓고 있었다. 덕분에 선소한 겨울임에도 집 안의 공기는 엄마가 짜준 스웨터에서 이는 정전기가 조금은 잦아들 정도로 적당히 촉촉했고, 항상 보리차 향기로 가득했다. 물론 그것 말고도 귤이나 사과의 껍질만 넣고 끓인 과일차의 나른한 향기에다가 난로 위에 구워 먹던 얇은 가래떡에서 나는 구수한 냄새, 지금은 흉내 낼 수 없는 난로표 군고구마가 익어가면서 내는 찐득하니 달콤한 냄새, 엄마 몰래 구워 먹던 50원짜리 쥐포에서 나는 쿰쿰한 냄새 같은 것이 보리차 향기를 대신할 때도 있었다. 그래도 기억 속에서 겨울과 가장 잘 어울리는 향기는 아무래도 보리차 향이었던 것 같다.

부쩍 겨울이 겨울답게 느껴지지 않을 때가 많다. 겨울뿐만 아니라 봄도 여름도 가을도 마찬가지인 것 같다. 나는 그 이유가 그저 내가 나이 들어 계절의 변화에 둔감해지는 것인가 싶어 조금 서글픈 마음이 있었는데, 그날 보리차 향기가 피어나는 오피스텔 복도에 서서 다른 생각이 들었다. 어쩌면 계절을 온전히 느끼지 못하는 것이 나의 둔해진 감정 때문이 아니라 계절을 지배하던 향기가 사라졌기 때문은 아닐까 하고 말이다.

지구가 몸살을 앓기 시작해 계절 체계가 오락가락한다는 요즘이지만, 그래도 겨울은 30년 전이나 지금이나 여전히 춥고 눈이 내리며 얼음이 언다. 겨울은 내내 그대로였다. 사라져버린 것은 보리차나 과일차의 향기, 난로에다 굽는 떡이나 군고구마 냄새, 쥐포의 냄새와 난로의 매캐한 가스 냄새일 뿐.

Western Juniper
WILDCRAFTED SACHET
WILDCRAFTED SACHET

Strawberry
Strawberry
Peach
Cinnamon
Banana

아빠, 겨울이 되면 생굴을 먹어요

6시간도 넘는 동안 항암주사를 맞고 나오면 지칠 법도 한데, 아빠가 오늘은 꼭 마트에 가야 한단다.
코스트코에 들러 카트를 밀며 천천히 따라가자니 종종 들르는 곳인데도 아빠는 그날따라 유난히 이곳저곳을 꼼꼼히 살피신다.
시식 코너에서도 한두 점씩 꼭 맛을 보시고는 다 너무 맛있단다.
아빠가 오늘따라 왜 이렇게 별점이 후할까.
아빠가 말했다.
"저거 하나 사자."
"굴? 여름에 웬 굴을 사게? 냉동이잖아. 맛없을 텐데."
"생굴은 날 추워져야 나올 텐데…… 겨울이 올지 안 올지……."

그렇지…….

아빠에게 겨울이 올지 안 올지 모르지.

그래도 돌아오는 겨울에 싱싱한 굴 나오면 노란 배추 속대 절여서 굴보쌈도 해 먹고 내년 봄엔 아빠가 좋아하는 두릅 따러 산에도 가야지.

그리고 봄 지나 여름이 오면 두툼한 병어조림 올린 아빠 생일상도 받아야지.

곧 가을이 오면 강화도에 가서 대하랑 전어무침도 먹어야 하고 그러면 또 싱싱한 굴을 먹을 수 있는 새 겨울이 오잖우.

아빠가 좀 천천히 그 겨울을 기다려주면 좋겠어.

째깍째깍 통조림을 오리면

어린 시절 추억의 음식이라고 하면 대개 학교 앞에서 쪼그리고 앉아 먹던 뽑기나 얼굴이 벌게지도록 빨아대던 아폴로, 불에 구우면 바삭바삭해지면서 들큼한 맛이 나던 쫀득이 같은 것들이 가장 먼저 떠오르겠지만, 나에게는 씨레이션C-ration이 추억의 큰 부분을 차지하고 있다.

씨레이션은 미군 전투식량인데, 전시나 훈련 시에 편리하게 휴대해서 먹을 수 있도록 1인분씩 포장되어 있는 완조리 음식들로, 이를테면 군인용 인스턴트 도시락 같은 거다. 애초에 군인들, 게다가 미군들을 위한 음식이긴 했지만 예전이나 지금이나 민간인들도 용케 구할 수 있는데, 아마도 어렸을 적 동네마다 하나씩 있던 '미제집' 아주머니들의 물건 매입 경로와 비슷할 거다.

내가 씨레이션을 처음 접한 때는 다섯살 무렵이었던 것 같다. 언제나 신기하고 새로운 음식을 맛보는 걸 즐겼던 아빠는 저녁 퇴근길에 꽤나 묵직한 종이상자 두 개를 들고 오셨다. 겉보기엔 그저 두꺼운 골판지로 단단하게 포장한 상자인지라 아빠가 쓸 카메라나 라디오 같은 물건인 줄로만 알았지 그 안에 음식이 들어 있을 거라고는 상상할 수 없는 모양새였다.

그날 저녁상을 물리고 우리 가족은 처음 보는 씨레이션 주위에 둘러앉았다. 골판지를 벗겨내니 그 조그만 상자 안에 크고 작은 통조림들이 차곡차곡 쌓여 있었고, 통조림을 딸 수 있도록 조그만 봉지 안에 깡통따개도 함께 들어 있었다. 보통의 통조림과 달리 겉면에 종이 라벨이 붙어 있지 않았고, '군납'이라는 것을 증명이라도 하듯 통조림의 색은 모두 짙은 올리브그린이었다. 아빠가 째깍째깍 소리를 내며 통조림을 하나씩 따면 그 안에는 칙칙한 통조림 색깔과 어울리지 않는 향긋하고 맛있는 음식(이라기보다는, 그 당시의 시대 상황에 비추어 보자면 요리에 더 가까운)이 가득 들어 있었다.

어떤 통조림에는 고기와 채소가 듬뿍 든 쇠고기스튜가, 또다른 통조림에는 통통한 소시지와 부드러운 베이크드 빈baked bean이, 곱게 주름 잡힌 유산지 위에 초콜릿 코팅이 된 달콤한 케이크가, 형형색색

향긋한 과일이 가득한 프루트칵테일이 들어 있었다. 소금기가 조금 느껴졌던 씨레이션의 코코아도 내가 그전까지 집에서 먹던 달기만 한 코코아와는 맛이 달랐다.
씨레이션은 단지 깡통에 들었달 뿐 메뉴로 따지면 정녕 풀코스의 디너였다. 어쩌면 내가 처음 먹어본 코스요리가 씨레이션이었는지도 모르겠다. 별세계 같던 씨레이션은 맛있다고 표현하기에는 모자랄 정도로 충격적인 경험이었다. 내가 최초로 경험한 이국의 맛이었으니까. 예전에 아빠가 사온 실로 뚝뚝 잘라 먹는 커다란 치즈 덩어리를 처음 맛봤을 때도 그런 느낌이 들진 않았다. 다섯살 어린 아이였던 내 눈앞에 통조림이 하나하나 열릴 때마다 크리스마스가 찾아왔다.

씨레이션이 주는 기쁨은 씨레이션이 통조림에서 진공 비닐포장으로 바뀌던 때를 기점으로 반감되기 시작했다. 물론 포장이 바뀌면서 씨레이션만으로도 전 세계의 모든 음식을 맛보는 것이 가능할 만큼 그 메뉴가 다양해졌고, 전자레인지 없이도 따뜻하게 데워 먹을 수 있는 발열제가 추가되어 더욱 편리해졌으며, 새끼손가락만 한 엄청 귀여운 타바스코 등 내용물은 훨씬 재미나졌지만, 어떤 음식이든 납작하게 진공 포장해버린 씨레이션에선 건조한 느낌만 나고 원래의 온전한 요리 같은 분위기가 사라지고 말았다.
씨레이션을 먹는다는 것이 '식사하다'에서 '끼니를 때우다'로 느껴지기 시작했으니, 씨레이션이 애초에 일반 식사가 아닌 군인들이 전시에나 먹는 음식이란 사실이 그제야 와 닿았다. 그즈음부터 씨레이션은 자연스럽게 우리 집 식탁에서 자취를 감추었는데, 마지막으로 먹어본 지도 어언 십여 년이 흘렀다.

그동안 요리선생이랍시고 갖가지 먹을 것을 탐하며 지내왔고, 요즘에는 다섯살 때와 비교할 수 없이 다양하고 별난 간식들이 지천에 널려 있음에도 불구하고 나는 가끔 통조림 씨레이션이 그립다. 진공 포장이 된 씨레이션이든 통조림 씨레이션이든 군납용 인스턴트 음식이 입에 맞을 리 없겠지만, 기회가 된다면 통조림으로 된 씨레이션을 다시 한번 먹어보고 싶다. 다시 만나는 것보다 그저 좋은 기억으로 남기는 편이 더 나았을 첫사랑과의 재회와 비슷한 느낌이라 할지라도. 어쩌면 나는 온 가족이 모여 앉아 이번 통조림에선 어떤 음식이 나올까 기대하며 째깍째깍 통조림을 따던 그 소리를, 그 저녁을 그리워하고 있는지도 모르겠다.

지각 여행자의 기쁨

뉴욕행 비행기가 이륙하기 위해 활주로를 달릴 때, 나는 이 비행기가 정말 뜰 수나 있을까 싶었다. 처음 가보는 외국이었다. 그리고 처음 타보는 비행기였다. 제주도는 물론이고 부산, 심지어 춘천도 못 가본 채 서른살에 처음 떠나는 해외여행이 뉴욕 출장이었다. 시작이 참 거창하기도 하지. 여행의 단계를 열 개의 레벨로 구분한다면 나는 레벨 1을 시작하기도 전에 몇 단계를 훌쩍 뛰어넘어 레벨 7쯤에서 시작한 거다. 이를테면 편의점에서 파는 복숭아맛 와인을 마셔보기도 전에 최고급에서 바로 전 단계인 그랑크뤼 세컨드와인으로 시작한 셈이랄까. 아니면 보쌈을 먹어보기도 전에 콤콤하게 삭은 홍어삼합에 탁주를 마신 격이랄까.

여하튼, 나의 생애 첫 여행지는 뉴욕이었다.

여행에 대해서라면 나는 참 할 말이 없다. 여행을 많이 가본 적이 없어 이 나이 먹도록 여행 횟수를 정확하게 기억해 손으로 꼽을 수 있을 정도다. 대학 때 엠티도 한 번 가보지 못했다. 남들은 스무살에 가본다는 춘천이나 부산 같은 곳도 서른다섯 즈음이 되어서야 처음 가봤고 설악산은 아직도 가지 못했다. 많은 사람들이 술기운에 한 번쯤은 떼로 몰려간다는 겨울 동해 바다의 칼바람은 그저 풍문으로만 들어봤을 뿐이고.

내가 이렇게 기구한 여행 팔자를 타고난 건 모두 여행에 엄격했던 부모님 때문이다. 부모님은 하고 싶은 건 뭐든 자유롭게 누릴 수 있도록 배려해준 편이지만, 어쩐 일인지 혼자 여행만큼은 절대로 안 된다고 못 박았다. 사실 여행뿐만 아니라 평소 통금시간 자체가 엄격했다. 대학 1학년 때 데드라인이 저녁 8시였으니 부모님도 납득할 만한 아주 특별한 일이라거나 집이 비는 날이 아니면 항상 집에 와서 저녁을 먹어야 했다.

나 때문에 초저녁부터 시작한 술자리에서 내가 일찍 일어나려 할 때마다 집에 가지 말라며 아귀처럼 잡고 늘어지는 친구들의 손길을 뿌리치는 일은 차라리 '구도'에 가까웠고, 좀더 같이 있고 싶어서 내내 잡았던 손을 놓지 못하던 남자친구와의 버스정류장 이별을 떠올리면 아직도 마음이 애틋해진다. 왜 모든 술자리는 항상 10시가 넘어야 본격적으로 꽃피고, 왜 모든 쾌락의 열매들은 자정이 지나야 맺히기 시

TRAVELER

작하는 걸까. 스무살의 나는 매일 밤거리를 동경했다.
저녁 8시 통금시간은, 갖가지 과제물에 치여 학교 실기실에서 갇혀 지내야 했던 대학 2학년 즈음을 시작으로 졸업 후 야근으로 점철된 회사 생활로 이어지는 동안 자연스럽게 사라졌다. 나의 이십대를 우울하게 만들었던 통행금지는 피폐한 현실 앞에서 마침내 사라졌지만, 오랜 시간 저지당해 자연스럽게 스스로 꺼리게 된 '여행'은 그때까지도 아직 밟아보지 못한 미지의 영역이었다.

생애 처음 여행의 기회는 그렇게 서른살이 되어서야 찾아왔다. 그것이 '출장'이라는 공식적인 이름을 달고 있었기에 망정이지 '여행'이라는 꼬리표를 달았더라면, 나는 아마 여태도 춘천 나들이나 도모하며 장거리 여행 한번 떠나보지 못한 박복한 팔자로 서른아홉이 되었을 것이다.
그렇지만 다행히 그건 명백한 '출장'이었다. 나의 첫 해외출장 소식에 아버지는 내내 떨떠름한 표정이었지만, 그동안 나는 회사에서 받은 월급을 집에 꼬박꼬박 내놓는 성실한 딸이었기에 더없이 당당할 수 있었다.
출장이 결정된 후부터는 매일이 아버지와의 전쟁이었다. 하지만 나는 프랭크 시나트라가 부른 〈뉴욕 뉴욕〉이 환청으로 들리는 날들을 보내며 차근차근 출장을 계획해나갔고, 아버지는 그런 내 모습이 내심 불안하기도 하고 못마땅했는지 틈만 나면 나의 여행 준비에 사사건건 참견하고 지적했다.
아버지는 마치 미국 비자를 내주는 것이 당신의 권한인 양 나에게 비자용 사진을 다시 촬영하라며 일장 연설을 늘어놓았고, 슈트케이스를 살 때는 당신이 손수 줄자를 들고 백화점에 동행해 가방의 길이를 재고 일일이 들어보며 무게를 가늠했다. 여행자보험의 약관을 독일사람처럼 꼼꼼히 읽고 필요한 연락처를 모두 메모했으며, 여권지갑에 여권과 여러 가지 바우처나 현금을 넣는 순서는 물론이고 짐을 꾸리는 순서에 대해서까지 잔소리를 했다. 외국을 자주 다녔던 아버지 눈에는 내가 준비하는 모든 것이 어설퍼 보였을 게 당연했지만, 나는 '그러게 누가 이 나이 먹도록 여행을 못 다니게 하랬나?' 하는 심정으로 아버지와의 '겨루기'에서 지지 않으려고 사춘기 때도 해본 적 없는 격렬한 투쟁의 시간을 보냈다.

하지만 겨루기의 끝은 다소 시시했다. 뭐, 조금 눈물겹기까지 했다.
출장을 떠나기 며칠 전, 아버지는 뮬 샌들을 하나 사 들고 들어와 내게 내밀었다. "우리 딸 처음 뉴욕 나들이 가는데 예쁘게 하고 가야지" 하면서. 아버지가 내밀었던 뮬은 시작부터 끝까지 아주 불타는 빨간색에다 발등엔 반짝이는 색색의 큐빅이 박힌, 당신 딸로서는 도저히 소화할 수 없는데 당신만큼은 딸에게 잘 어울릴 거라고 철석같이 믿는, 무엇보다 뉴욕에 가서 딱히 예쁘다는 말을 듣기도 힘든 스타일이었다. 꽤나 심미안인 아버지가 이제 이런 신발을 골라 오실 나이가 되었나 싶어 이쯤에서 적당히 져드려야겠다는 생각이 들었다. 결국 아버지는 소원대로 내 여행 가방을 자신이 직접 꾸리셨고, 나는 그렇게 여행자율화라는 역사적인 순간을 맞이하게 되었다. 나이 서른에 아버지가 꾸려준 슈트케이스를 들고, 빨간 뮬을 신고서.

뒤늦게 뛰어든 여행의 세계는 경이로웠다. 이렇게 다양한 날씨와 다양한 언어와 다양한 음식이 '일상'으로 존재할 수 있다는 게 믿기지 않았다. 그전까지 TV에서, 책을 통해 바라본 세계 곳곳은 그저 〈트루먼 쇼〉의 한 장면처럼 보였는데, 직접 눈으로 확인해본 이국의 풍경들은 눈동자에도 감동을 느낄 수 있는 촉각이 존재할 거라는 확신을 가지게 했다.

이런 경이로운 세상을 서른살이 되도록 경험해보지 못했다고 생각하니 나는 좀 억울한 마음이 들었다. 이 아름답고 충만한 기쁨과 흥분, 설레는 감동 들을 이십대에 경험했더라면 인생이 조금쯤은 더 풍성해졌을 테고, 파란만장하고 위태로웠던 순간들을 버텨나가는 데 큰 힘이 되어주었을 것 같아서. 그러면 지금의 나는 좀더 나은 사람이 되어 있지 않을까 싶어서.

그래도 너무 억울해하지는 않기로 했다. 비록 스무살이 아니라 서른

넘어서야 떠나게 되었어도 여행은 참으로 즐거웠으니까. 게다가 나에겐 아직 못 가본 장소들이 남들보다 더 많이 남았으니 그것만으로도 이 팍팍한 세상을 살아가는 데 큰 위로가 아닐 수 없다.
지각 여행자로 사는 것도 어떤 면에선 꽤 괜찮은 일 같다.

3월, 애탕의 맛

3월.

아직은 바람 끝에 약간 날이 서 있는 것이 분명하지만 3월의 바람에는 보드라운 노란색이 묻어난다. 2월 마지막 날 불던 바람과 크게 다를 것 없는 3월 초의 바람이지만, 단지 3월이라는 사실만으로도 바람이 노랗고 따뜻하게 느껴지는 걸 보니 요즘 계절은 달력을 타고 오나보다.

봄이 오면 달라지는 건 바람뿐만이 아니다. 비록 평범한 아파트일지라도 땅끝 마을 해남과는 반대편에서 우리나라의 시작점이라 말할 수 있는 파주에 가까이 살다보니, 변화하는 봄의 풍경도 금세 느낄 수 있다. 집앞에 보이는 건 논밭이 전부라 누군가 우리 집 베란다에서 보이는 풍경을 일컬어 '논 뷰view'라 칭했을 정도니까. 집에서 논이나 밭이 내려다 보이는 것이 뭐 그리 좋은 '뷰'인가 싶을 수도 있겠지만, 논은 사계절을 다 표현해내는 재주가 있어 적어도 내가 보기엔 창밖의 풍경이 마치 아름다운 사첩 병풍 같다. 눈 내린 겨울, 황금빛 가을, 진한 초록의 여름까지 아름답지 않은 계절이 없는데 그중 최고는 역시 겨울을 이겨낸 봄의 풍경이다.

멀리서 바라보면 아직은 건조하기 이를 데 없지만 조금만 다가가서 보면 오밀조밀 올라오는 오만 가지 연둣빛 새싹이 조심스레 치장을 시작하고 있는 이른 봄날, 봄비라도 한번 제대로 내려주면 논둑길을 따라 진짜 봄, 쑥이 올라오기 시작한다. 누가 씨를 뿌려놓는 것도, 잘 자라라고 보듬어주는 것도 아닌데 매년 그렇게 여린 싹을 틔우는 걸 보면 참 대견하다. 쑥이야말로 하우스에서 재배한 냉이며 달래가 겨우내 판을 치는 동안에도 꾹 참고 있다가 비로소 진짜 봄이 되어야 그 모습을 드러내기에 정녕 봄을 알리는 음식, '봄의 절정'이라 할 만하다.

내 어릴 적 기억 속에서도 봄 요리의 절정은 쑥이었다. 원래 음식에는 싹을 틔우고 얼마 지나지 않은 여린 쑥을 써야 하는데, 쑥이란 것이 어찌나 쑥쑥 잘 자라는지, 조금만 한눈을 팔면 훌쩍 커버려서 여린 쑥을 따려면 꽤 부지런을 떨어야 했다. 쑥이 빨리 자라는 양지바른 곳을 잘 기억해두었다가 그곳에 쑥이 얼마나 자라고 있는지 확인해야 했다. 그래야 너무 웃자라지 않은 쑥으로 제대로 된 쑥 요리를 해낼 수 있으니까.

고맙게도 어릴 때 살던 우리 집 마당 한 귀퉁이에는 봄 한철 제법 요리해 먹을 수 있을 만큼 쑥이 자랐다. 그래서 엄마는 쑥으로 개떡도 쪄주고, 된장과 콩가루를 풀어 쑥국을 만들어주기도 했으며, 무엇보다 내가 좋아하던 애탕을 끓여주기도 했다. 요즘에는 도다리를 넣어 끓인 맑은 된장국에 쑥을 듬뿍 얹어 먹거나 고소한 기름내를 풍기며 쑥전을 부쳐 먹기도 하고, 쑥의 향기를 더한 버터를 녹여 뇨끼에 살짝 얹어 먹는 등 쑥 요리가 화려해졌지만, 내가 어렸을 때만 해도 가장 화려했던 쑥 요리는 바로 애탕이었다.

애탕은 데친 쑥과 다진 쇠고기, 두부를 넣어 완자를 빚은 다음 녹말에 살짝 굴려 멸치 육수에 넣고 끓여 먹는 국인데, 웬만한 쑥 요리들과 달리 고기가 들어갔던 만큼 어린 시절 아주 특별한 메뉴였다. 그래서 애탕을 먹는 날에는 늘 엄마 옆에서 쑥 완자 빚기를 자청했고, 어서 저녁밥 먹을 시간이 돌아오기를 정말 애타게 기다렸다.

오전 나절에 쑥을 캐는 것으로 시작한 긴긴 여정 끝에 마침내 저녁상에서 만난 애탕 속에는 마지막에 살짝 풀어넣은 달걀들이 하늘하늘 춤을 추었고, 그 사이로 동글동글한 예쁜 완자들이 윤기 나는 모습으로 담겨 있었다. 동그란 완자를 한입 먹으면 녹말옷을 입혀 매끈해진 완자가 부드럽게 입속으로 미끄러져 내려갔고, 함께 떠넣은 구수

하고 따끈한 육수가 완자에 촉촉함을 더하면서 입안 가득 퍼지는 기분 좋은 향기가 어쩐지 마음까지 꽉 채우는 것 같았다. 흙내 같기도 하고 한약 냄새 같기도 한 쑥 향기는 익숙하진 않았지만 정말 '맛있는' 향기였다.

그때는 그저 '맛있다'라고밖에 표현하지 못했던 애탕의 맛은 지금 생각해보면 겨울을 이겨낸 봄의 대지가 온전하게 느껴지는 맛이었다. 분명 애탕은 '어른의 맛'에 가까웠음에도 불구하고 어린 내 마음을 움직일 수 있었던 이유도 거스를 수 없는 자연의 힘이 전해주는 단단하고 깊은 순리의 맛이었기 때문인 것 같다. 그렇게 엄마와 함께 애탕에 넣을 완자를 굴리던 내 어린 시절, 3월 어느 날에 불던 바람에서도 보드라운 노란색이 묻어났던 것 같다. 그때는 계절이 달력을 타고 오지는 않았던 것 같은데…….

마지막에 미원을 조금 넣어

언니도 음식을 잘하는 편이다.
다만 나와 종류가 다른 음식을 주로 만든다.
내가 초대를 위한 음식을 만든다면, 언니는 생활을 위한 요리랄까.
계량 같은 건 할 생각도 않고 대충대충 이렇게 저렇게 막 만든다.
그런데도 언니 요리는 실용적이면서 맛있다.

가끔 언니가 맛있는 반찬이나 입에 착착 붙는 찌개를 끓일 때면 어떻게 만들었느냐고 꼭 물어본다.
언니는 나에게 아주 상세하게 요리 방법을 얘기해준다.
본인만의 중구난방 계량도구들을 가지고 와서
이건 이걸로 한 숟가락, 저건 이걸로 한 컵을 넣었다며 열심히 설명하고는 꼭 맨 마지막에 한마디 보탠다.
"그리고 마지막에 미원을 조금 넣어, 조금."
나참.
미원이 참깨야?
그러니까 언니가 만든 모든 요리의 화룡점정은 미원이다.

언니와 나는 미원 때문에 종종 싸운다.
내가 할머니처럼 왜 음식에 미원을 넣느냐며 타박을 하면
언니는 지가 제일 맛있게 먹어놓고 딴소리라며 배시시 웃는다.
내가 한때 조미료 알레르기를 앓은 이후로
언니는 더이상 음식에 조미료를 넣지 않는다.
근데 나는 다 안다.
언니가 아직도 미원을 포기하지 못한 거.
언니 주방 선반 안쪽에 나 안 보이도록 엄지손가락만 한 미원통을 숨겨놓았다는 거.

그래도 어쩌리.
미원으로 맛을 냈을지언정, 나에게 따뜻한 밥 한 그릇 지어줄 수 있는 사람은 언니뿐인걸.
미원은 자고로 엄마의 손맛이라고도 하던데

나에게 엄마 같은 사람은

엄마 같은 밥상을 차려주는 언니뿐인걸.

동생의 미식 입문기

팔빙수를 만들었다.
가끔 먹고 싶은 음식이 떠올라 여기저기서 사 먹어봐도 그 맛이 성에 차지 않을 때는, 귀찮음을 무릅쓰고 직접 만들어 먹곤 하는데 요즘엔 팥빙수가 그랬다. 밖에서 사 먹는 대부분의 음식들의 맛이 상향평준화되어가는 이 시점에 어째서 팥빙수만큼은 그렇지 아니한가. 팥을 삶아 연유만 뿌려도 맛있는 것을 도대체 왜.
팥빙수를 만드는 방법은 윤종신의 〈팥빙수〉라는 노래가 나온 이후로 구구절절 설명할 필요가 없어졌다. 노래 가사가 그냥 정확한 레시피니까. 그 노래를 듣고선 윤종신의 요리 솜씨를 이미 오래전에 인정했다. 비록 그가 모든 음식에 라면수프를 넣을지라도.

노래 가사대로 팥을 조리고 얼음을 얼리고, 아이스크림을 얹어 팥빙수를 해 먹는데, 떡이 없었다. 팥빙수의 백미라 할 수 있는 떡이, 절대 빠져서는 안 되는 떡이! 하지만 늦은 밤에 사러 가기도 그렇고, 그냥 떡 빠진 팥빙수를 만들어놓고 동생과 마주 앉았다. 나는 못내 아쉬운 마음에 넋두리하듯 동생에게 말했다.

"떡이 없다, 떡이. 아~ 정말. 팥빙수엔 꼭 떡이 있어야 맛있지 않니?"

"난 없어도 괜찮던데."

"그래? 그럼 넌 팥빙수에 빠져선 안 되는 재료가 뭐라고 생각해?"

"젤리."

젤리? 젤리라…….

맞다, 우리 집안에 이런 싸구려 입맛이 있었지 참.

사실 동생의 입맛은 싸구려라기보다는 초등학교 1학년 이후로 자라지 못한 '미성숙 입맛'이다. 평상시 주로 햄과 소시지와 고기만 먹고 가끔 가다 김과 달걀을 먹으며, 바다에서 나는 것 중에선 새우 정도만, 그것도 튀긴 것만 고집하며 채소 종류는 일절 입에 대지 않는다. 심지어 평소에 좋아하던 음식이라도 모양이나 색이 예쁘지 않으면 먹지 않기도 한다.

먹는 것에 목숨 걸고 사는 집안에서 솜씨 좋았던 엄마의 아들이자 요리선생인 누나의 동생으로 태어난 나름 운 좋은 녀석임에도 불구하고, 동생은 그 혜택을 누릴 준비가 전혀 되어 있지 않았고 그럴 의지도 없어 보였다. 그래서 나는 가끔 이 녀석이 우리 식구가 맞기는 한가 싶을 때도 있었다. 팥빙수에서 젤리를 가장 사랑한다는 식의 이야기를 할 때는 더더욱.

그런 동생이 군복무 중 휴가를 나왔다가 '곤드레밥'을 해달라고 했을 때, 우리는 이 아이가 그동안 군대에서 도대체 무슨 일을 겪은 것인가 의아해했다. 채소를 먹겠다고 한 일은, 그것도 그리 흔하지도 예쁘지도 않은 '곤드레밥' 같은 음식을 스스로 먹고 싶다고 말한 것은 태어나서 처음 있는 일이었다.

동생은 횡계의 어느 산골의 소위 '1호차' 운전병이었다. 시도 때도 없이 영하 30도를 오르내리는 눈길을 달려야 하는 동네에서 '별'을 모시는 운전병 일이 얼마나 힘들겠냐며, 베이컨만 먹을 줄 아는 놈이 그 산골에서 밥이나 잘 먹고 다니겠냐며, 스팸과 참치를 부대로 부치면서 매일 눈물의 세월을 보냈다.

하지만 이 녀석은 생각보다 괜찮은 날들을 보내고 있었다. 업무차 다니는 길이긴 했지만, 동생은 별을 모시고 아침 점심 저녁 세 끼 모두 강원도 맛집을 순례하며 보냈다. 어른들에게 유난히 사분사분해 일찌감치 별에게 예쁨을 받고, 종종 그 양반들과 겸상까지 하며 본래 자기가 고집했던 음식과는 전혀 다른, 느리고 거친 자연 그대로의 맛을 익혔다.

남자들이라면 인생에 있어 가장 강렬한 희로애락을 경험하게 된다는 군대에서, 동생은 희로애락 대신 미식의 세계에 눈을 뜨게 된 것이다. 나중에 알고 보니 동생이 휭계에서 동네 김밥천국에 들르듯 다녔던 식당들은 오삼불고기로 유명한 '납작식당', 황태구이가 유명한 '황태회관', 곤드레밥과 등심구이로 유명한 '고향이야기' 같은 곳들이었다고 한다. 전국에서도 손꼽히는 맛집들이다보니 제아무리 싸구려 베이컨 입맛일지라도 맛의 신세계에 눈뜨지 않을 수 없었나보다.
동생의 제대 이후 나도 가끔 오삼불고기니 황태구이니 하는 음식들을 상에 올려봤지만 이미 최고의 맛집들에 길들여진 동생은 딱 한 젓가락만 먹고는 이 맛이 아니라며 먹기를 거부했다. 그러고는 예전에 먹었던 음식의 향기 모양 맛에 대해서 아주 상세하게 묘사했다. 고작 밥 한 끼 먹은 일을 가지고 마치 어떤 대단한 모험이나 감행했던 것처럼 약간 흥분한 채로.

제대 후 동생의 '미식기'는 다시 늦잠을 자기 시작하고 더이상 침대의 이불을 각 잡아 개지 않음과 동시에 '베이컨기'로 돌아갔다. 나는 요즘도 동생을 위해서 종종 베이컨을 굽고 불고기를 볶으며 채소는 언제 먹을 거냐고 닦달하지만, 그럴 때마다 들은 척도 하지 않는 동생을 보며 누군가 그 아이를 군대에 다시 보낼 수 있는 방법을 알려주기만 한다면 내 영혼이라도 팔 수 있겠다는 생각을 한다.

크리스마스니까요

분리수거는 나에게 하루를 마감하는 성스러운 의식과도 같다.

그날 밤도 혼자 들기에는 버거울 만큼의 쓰레기를 가지고 내려가 분리하던 때였다. 맥주 캔을 우르르 쏟아내고, 와인 병을 착착 내려놓고, 버석버석한 비닐들은 꾹꾹 눌러 담은 뒤 남은 종이들을 쏟아버리려던 때, 종이 분리수거함에서 그 자리와 그다지 어울리지 않는 쓰레기 하나를 발견했다.

어딜 봐도 분리수거함에 내놓을 만한 물건은 아니었다. 빨간 포인세티아 잎과 초록색 호랑가시나무 잎을 돌려가며 붙인 모양에 금분을 곱게 뿌린, 제법 고급스러운 크리스마스 리스였다. 색이 바랬다거나 찌그러지지도 않은 게 말짱해 보였다.

크리스마스 리스를 버리다니 세상에. 어떤 건조한 사람이!

크리스마스 장식이 나른한 봄 햇살이 내릴 때까지 집 안 한구석에 자리를 차지하고 있으면 꼭 흙탕물로 녹아내리는 한겨울의 눈처럼 지저분해 보이고 거추장스럽기도 할 것이다. 그래서 아마 봄맞이 대청소를 하다가 철 지난 목련 꽃잎을 쓸어버리듯 리스를 버렸겠지만, 내년에도 그다음 해에도 두고두고 쓸 수 있는, 그것도 다름 아닌 크리스마스 리스를 버린다는 것이 나한테는 조금 충격이었다.

내 나이 즈음이 되면 산타 할아버지를 기다리는 토끼 같은 자식이 생기지 않는 한 크리스마스에 더이상 감흥을 느끼지 못한다. 단지 크리스마스라는 이유로 인파로 미어터지는 길거리를 걷거나 가격은 평소보다 두 배쯤 비싼데 맛은 평소보다 네 배쯤 없는 레스토랑의 상식적이지 않은 음식을 줄서서 먹는 일은, 크리스마스를 위해 나머지 날들을 사는 것 같았던 스무살 시절에도 미처 생각지 못했다. 물론 나에게도 잊지 못할 크리스마스의 추억이 있지만 그날 역시 전형적인 크리스마스와는 거리가 먼 참으로 고요하고 담담한 하루였으며, 그날이 어쩌다보니 크리스마스였을 뿐이지 크리스마스였기 때문에 잊지 못할 날이 된 건 아니다.

그럼에도 불구하고 나는 매년 크리스마스를 기다린다. 좀더 정확하게 말하자면 크리스마스 장식을 해도 괜찮을 때인 11월을 기다린다.

MERRY
CHRISTMAS

좀 이르지만 크리스마스캐럴을 들으며 크리스마스 장식을 할 수 있는 하늘이 낮고 추운 11월의 어느 날이 좋다. 예나 지금이나 나의 크리스마스는 변함없이 담담하고, 고작 TV의 특별 프로그램을 보며 그 분위기를 느낄 뿐이지만, 크리스마스 장식을 하는 그 몇 시간만큼은 크리스마스가 주는 행복에 흠뻑 젖는다. 11월에 미리 듣는 캐럴이 가장 크리스마스다워서 좋고 그때의 크리스마스 장식이 가장 빛나 보이며, 마음도 모닥불에 구운 마시멜로처럼 말랑말랑 녹진녹진해진다.
언제부터 크리스마스 장식과 이른 캐럴을 좋아하게 되었을까. 그저 다른 아이들처럼 크리스마스를 기다리던 어느 12월 25일 아침, 산타할아버지가 전해준 선물을 푸는 것으로 그토록 고대했던 크리스마스 의식이 끝나버리고, 다시 일상으로 돌아와야 하는 허탈함을 느낀 이후로 크리스마스는 그 당일보다는 그날을 기다리는 시간들이 더 행복하다고 생각했던 것 같다. '절정'이란 것이 얼마나 물거품 같은가를 일찌감치 깨달았다고나 할까.

이른 11월, 크리스마스 장식을 할 때는 먼저 쿠키를 굽기 시작한다. 몇 판 굽고 나서 집 안이 달콤하고 고소한 쿠키 냄새로 가득 차면 마지막 쿠키를 오븐에 넣고 크리스마스 장식을 시작한다. 캐럴도 미리 틀어놓고 분위기를 내본다. 가능하면 팻 분이나 빙 크로스비, 냇 킹

콜 같은 가수들의 오래된 앨범이면 더 좋다. 먼저 창문에 얼음 모양으로 조각된 별들을 달아놓고 초록색 갈란드크리스마스용 화환로 창틀을 장식한 다음, 거기에 빨강색 무광의 오너먼트를 단다. 요즘은 부엌이 좁은 탓에 세워두진 못하지만, 크리스마스트리에는 화려한 크리스마스 리본으로 사선의 띠를 둘러주어야 제대로 멋이 난다.
크리스마스 장식을 할 때, 겨우내 추운 밤을 밝혀줄 향초를 준비하는 것도 빼놓을 수가 없다. 이른 새벽에 바라보는 크리스마스의 촛불은 평화롭고 따뜻한 위로가 되고 때로는 흐트러지지 않은 결의를 내비치기도 한다. 마지막으로 현관문에 작은 크리스마스 리스를 달아놓고 입구에 크리스마스 매트를 깔면 크리스마스 장식이 끝난다. 매년 조금씩 달리하는 것이 크리스마스 장식의 재미인지라 크리스마스 장식 살림들이 조금씩 늘어나고 있지만, 밥을 지나치게 많이 먹었을 때나 하루에 신발을 두 켤레나 사버렸을 때만큼 죄책감이 드는 건 아니다.

내가 이렇게 크리스마스 장식에 남다른 애착을 가지고 있다보니 종이 분리수거함에 버려진 크리스마스 리스를 발견했을 때 느낀 서운함은 말로 다 할 수가 없었다. 물론 세상 모든 사람들이 나처럼 크리스마스 장식을 좋아할 리 없고, 그 크리스마스 리스를 버린 사람에게 크리스마스는 그저 어느 일요일보다도 못한 하루처럼 여겨질지 모른다.

그래도 나는 크리스마스 리스의 주인이 올해 크리스마스가 다가왔을 때 지난봄에 버린 리스를 한 번쯤 기억해주면 좋겠다. 조금 아쉽다고 생각하면 더 좋고. 굳이 왜냐고 묻는다면 영화 〈러브 액츄얼리〉에서 "크리스마스니까요"라는 말 한마디에 더이상 아무 말도 필요 없었던 것처럼, 그냥 나도 그렇게 답하겠다.
"크리스마스니까."

내 생애 최고의 참치 샐러드

'니시와 샐러드'를 좋아한다.

빨간 토마토와 초콜릿색의 올리브, 삶은 감자와 달걀, 파릇하고 달콤한 스트링빈, 짭조름한 앤초비와 푸짐하게 얹은 참치. '니시와 샐러드'의 균형 잡힌 재료들이 자랑하는 완벽한 색감은 맛의 충만함을 더한다. 니시와 샐러드는 지중해 햇빛을 담뿍 받고 자란 신선한 재료들에 향긋한 와인 비니거드레싱이 더해져, 니스 앞바다에 부는 바람처럼 맑고 청명하며, 목덜미를 따갑게 달구는 니스의 햇살처럼 건강한 맛이 난다, 라고 탄사를 보내면 좋겠지만 그러기엔 마음 한구석이 몹시 찜찜하다. 사실 나는 아직 니스에 가본 적이 없으니까.

니스에 가보지 못했어도 나는 니시와 샐러드를 좋아한다. 어떻게 보면 니시와 샐러드는 통조림 참치를 얹은 그저 평범한 '참치 샐러드'일

뿐이지만 담백한 빵과 적당히 칠링된 화이트와인 한 잔을 더하면 행복을 선사하는 우아한 여름날의 식사가 된다. 그렇다고 나의 '참치 샐러드' 취향이 처음부터 '칠링된 화이트와인'을 곁들여 먹어야 할 만큼 귀족적이진 않았다. 내가 참치 샐러드를 처음 접한 건 인사동의 카페인지 술집인지 아직도 구분이 가지 않는 더없이 추레한 곳에서였다.

정체성이 모호한 '신비한 모래의 춤'에 처음 가게 된 것은 대학의 어느 시절이었는데, 그게 정확히 언제였는지는 기억나지 않는다. 정말 '신비'하게도 그곳에 있으면 늘 시간의 순서가 뒤죽박죽 엉키는 느낌이 들었는데, 그래서 그곳과 관련된 기억의 순서도 늘 뒤죽박죽인가보다. 전시회 감상문을 쓰는 과제의 양이 거의 극에 달해서 인사동 갤러리에 진을 치고 살 때 우연히 골목에서 발견했으니, 아마 대학 1학년과 2학년 사이의 어느 때가 아닐까.

'신비한 모래의 춤'을 처음 발견한 것은 나였다. 아마 백상갤러리로 기억하는데, 그 골목 맞은편에서 친구 서넛과 화장실을 찾아 우왕좌왕하던 차에, 예전에는 미처 보지 못했던 이상한 문 하나가 눈에 띄었다. 문을 열기가 망설여질 정도로 꾀죄죄한 문고리, 문 가운데 나 있는 손바닥만 한 유리창, 그리고 그곳에서 흘러나오는 보기만 해도 왠지 나른한 주황색 불빛.

무슨 공방인가 하고 유리창에 코를 대고 안쪽을 들여다보았지만 계단만 깊숙하게 이어져 있어 대체 뭘 하는 곳인지 상상조차 할 수 없었다. 어떤 곳인지 알 길이 없으니 조금은 위험한 곳일 수도 있겠다는 생각도 들었지만, 미지의 세계는 늘 호기심을 불러일으키는 법. 결국 우리는 4차원의 세계로 통하는 문을 열듯 조심스럽게 그 꾀죄죄한 문고리를 당겨 안으로 이어지는 계단을 하나하나 밟고 내려갔다.

그곳은 흡사 개미굴 같았다. 니스에 가보지도 않았으면서 니시와 샐러드를 니스의 맛에 비유하기가 찜찜한 것처럼, 개미굴에 실제로 들어가본 적은 없기 때문에 그곳이 개미굴 같다고 표현하는 게 좀 멋쩍긴 하지만. 어쨌든 책에서 봤던 개미굴의 모습이 그 안에 펼쳐져 있었다.

계단을 내려가면 왼쪽에는 나름의 카운터 역할을 하는 테이블이 있었고 그곳으로부터 몇 갈래 갈라져 서로 연결은 되었지만 독립성이 보장된 서너 개의 방들이 있었다. 벽은 황토 느낌이 나는 벽지이거나, 일부는 정말 황토를 발라 마감한 것처럼 보였다. 주황색 백열등이 달린 천장은 낮았고 외부에서 들어오는 빛이라곤 문에 달린 유리창으로 들어오는 있으나 마나 한 빛뿐이었다. 각 방으로부터 중간 지점에 놓여 있는 턴테이블에서는 낡은 LP가 지직거리며 한물간 음악들을 뱉어내고 있어서 마치 아주 오래전부터 그곳을 알고 있었던 것 같은 기분이 들었다. 덕분에 우리는 처음 그곳을 찾은 날부터 시간을 잊은 채 맥주를 마시며 취하는 데 온전히 집중할 수 있었다.

'신비한 모래의 춤'에 앉아 있으면 밤과 낮을 구분할 수가 없었다. 부모님의 엄한 통금 시간 때문에 밤의 술문화를 맘 편히 즐겨보지 못했던 나에게는 낮에 가도 밤처럼 어두컴컴한 그곳이 낮술을 마시는 장소로 더없이 적당했다. 오전부터 일찍 땡땡이를 친 날에는 어김없이 그곳에 가 있었던 것 같다. 그 시간에 누가 온다고 그렇게 일찍부터 문을 열고 있었는지 모르겠지만, 아침나절 그곳을 찾았을 때 문이 닫혀 있었던 적은 없다.

그날도 우리는 점심 무렵부터 밀러를 주문해놓고 홀짝홀짝 마셔 불콰하게 취한 상태였다. 누군가 옆 테이블에서 시킨 것을 봤다며 메뉴판에 없는 안주 얘기를 꺼냈다. '신비한 모래의 춤'에서 파는 유일한 안주는 바로 참치 샐러드였다. 그때만 해도 과일을 썰어 마요네즈에 버무린 잔칫집 스타일의 '과일 사라다'가 가장 익숙하고 만만한 안주였다. 기껏 호사를 부린다고 해봐야 햄이나 달걀보다 양배추가 더 많이 들어간 '멕시칸 사라다' 나부랭이 정도였다. 참치로는 김치찌개만 끓여 먹을 줄 알았지 참치 샐러드는 아직 정복하지 못한 미지의 안주였다.
취중 허기를 참지 못하고 참치 샐러드를 주문하니 가장자리에는 어슷썰기 한 오이와 당근이 몹시 촌스러운 모양으로 둘러져 있고 가운데에 썩 아름답지는 않은 참치 반죽이라고 불러 마땅한 것이 큰 주먹만 하게 올라앉은 커다란 접시가 테이블 위에 놓였다. 그 샐러드를 맛보기가 선뜻 내키지 않았던 것이 단지 낯선 음식이어서였는지, 아니면 늘 머리를 감지 않아 떡진 머리를 산발하고 수염을 기른 젊은 남자 주인이 차지하고 있는, 커튼에 가려 아무것도 보이지 않던 주방에 대한 불신 때문이었는지는 모르겠다. 한동안 머뭇거리다 나도 모르는 사이 술에 취한 내 손이 그것을 한 스푼 떠서 내 입에 넣어버리고 말았다.

참치 샐러드의 맛은 의외였다. 샐러드를 입에 넣고 오물오물할 때마다 참치의 맛과 함께 정체를 알 수 없는 달콤하고 새콤한 즙이 입안에 가득 찼고 중간중간 잘게 썬 피클과 양파가 아삭아삭 씹혔다. 보기와는 다른 조화로운 맛에 놀라지 않을 수 없었다. 그간 먹었던 멕시칸 사라다쯤은 아무것도 아니었다고, 안주가 이 정도는 되어야 하지 않겠냐는 듯한 맛이었다. 참치는 고기는 아니었지만 제법 풍부한 맛을 내면서 우리들의 취중 허기를 물심양면으로 채워주었다. 샐러드 그대로 먹어도 맛있었지만 오이나 크래커에다 얹어 먹어도 맛이 좋았다.
아마 참치 샐러드를 가장한 참치 반죽은 사우즌드아일랜드드레싱으로 맛을 냈던 것 같은데, 똑같이 흉내 내봐도 그때 그 맛이 나지 않는 걸 보면 어설픈 젊은 주인만의 특별한 비법이 있는 것 같다. 이를테면 감지 않은 머리를 벅벅 긁던 손으로 만든다든지, 화장실에 다녀오고 나서 씻지 않은 손으로 재료를 버무린다든지, 뭐 그런 것.

우리는 '신비한 모래의 춤'에 참 자주 갔다.
맥주 때문이기도 했고 참치 샐러드 때문이기도 했지만, 무엇보다 현재와 완벽하게 차단된 장소라서, 흘러가야 마땅한 시간이 고맙게도 종종 머뭇거려주는 곳이어서, 그리고 어쩌면 시간이 그곳에 그대로 고여 있을 수 있는 장소였기 때문이다. 그 우묵한 개미굴에 고여 찰랑이는 시간 속에 몸을 맡기고 우리는 한없이 부유했다. 그곳에서 우리들이 쏟아내었던 우주적 넓이와 맞먹는 상상, 조심스럽게 꾸었던 꿈과 호기로운 고백 들은 참치 샐러드의 맛보다 좀더 풍부했던 것 같다.
그렇게 '신비한 모래의 춤'에서의 일과를 마치고 밖으로 나왔을 때 세상의 하루는 여전히 환했다. 나는 눈을 조금 찡그린 채 현실의 한낮, 밝은 햇살 속으로 걸어 들어가면서 나의 청춘과 앞으로 펼쳐질 나날들에도 그렇게 계속 환한 햇살이 비칠 줄로만 알았다.

마음에 남은 치즈 한 조각

빛나는 봄을 위해 건배!

이 동네에 내 부엌을 꾸려볼 생각으로 집을 계약했던 때는 비가 내리는 장마철이었다. 비슷비슷한 조건들 사이에서 꽤 싼 가격으로 나온 것이라 서둘러 계약했기 때문에, 그 주변이 어떤지 미처 둘러볼 겨를이 없었다. 내가 그곳에 부엌을 꾸린 지 한 달이 채 지나지 않아 집 앞에 코스트코가 오픈한 것을 보고 기대 이상으로 탁월한 선택이었다는 생각이 들긴 했지만.

하지만 내가 집을 잘 골랐다며 진짜 기뻐한 건 마당에 만개한 벚꽃을 발견했을 때다. 내 부엌에서 맞이한 첫번째 4월의 어느 봄날이었다. 물론 나 혼자 쓰는 것도 아니고 오피스텔 네 동이 공유하는 광장 형태의 마당이었지만, 어쨌거나 마당에 핀 벚꽃들은 내 마음을 말랑하고 촉촉하게 해주었다. 벚꽃 그늘 아래로 파라솔을 펼치고 줄지어 있는 맥주집들 또한.
풍류를 즐기기에 이보다 더 훌륭한 마당을 보았냐며, 내년에는 벚꽃 그늘 아래서 꽃비가 내리는 날 술 한잔해야 한다고 흥분한 채로 친구들에게 전화를 걸었다. 하지만 이 부엌에서 다섯번째 봄을 맞이하도록 꽃비를 맞으면서 친구들과 술을 마시지 못했다.

해마다 봄은 마당을 찾아왔지만, 바쁜 며칠을 보내고 돌아보면 이제 시작하나 싶었던 봄이 이미 한참 전에 가버린 뒤였다. 벚꽃비는 그친지 오래고 흰 벨벳 같은 목련들도 본래의 빛을 잃은 채 갈색으로 시들어 점점이 떨어졌다. 그렇다고 봄을 잊고 지낸 그 며칠 동안 역사에 길이 남을 만한 일을 했다거나 평생 먹고 살 만한 돈을 번 것도 아닌데.
봄에 피는 꽃들이 절정에 다다르는 순간은 1년에 며칠 되지 않는 데 비해 일상은 며칠을 제외하고는 늘, 어쩌면 평생 지루하리만치 반복되고 있으니, 그중에 어느 하루 몇 시간쯤을 뚝 떼어내 낮부터 머리에 꽃을 꽂고 술을 마신다고 해도 먹고사는 일에는 지장이 없을 것이다.
그 누구도 내게 왜 봄을 술로 낭비하느냐며 손가락질하지 않을 텐데, 어째서 흰 목련과 얼굴을 마주하고 서 있거나 벚꽃비 맞으며 술 한잔 하는 짬을 내지 못하고 꽃그늘 아래서의 술 약속을 5년째 미루고 있을까.

늘 반복되는 일상을 핑계로 남은 생 중엔 가장 젊었을 오늘의 봄날을 그저 그렇게 보내고 나면, 나는 훗날 봄날의 꽃을, 빛나던 봄날의 하루를 얼마나 그리워하며 후회하게 될까. 봄은 매년 돌아올지라도 나의 오늘은 다시는 돌아오지 않음을 다음 봄에는 잊지 않고 생각하게 될까. 그래서 꽃 피는 봄날에, 꽃 같은 나의 시간들을 보내며 꽃술 한 잔 들고 건배할 수 있을까.

분노의 비빔밥

무엇이 문제인지 도무지 알 수 없을 정도로 심경이 복잡해져 집에 돌아왔다.
화가 난 것인지, 지친 것인지, 짜증이 난 것인지, 우울한 것인지,
아니면 이 모든 것이 단순히 배가 고파서인지…….

그래서 오늘도 습관처럼 냉장고를 열고 '분노의 비빔밥'을 만든다.
낱낱이 흩어져버린 희망처럼 낟알이 흩어지는 깡보리밥에
그동안 묵히고 묵혀 제대로 곰삭아 새콤해진
화火 같은 열무김치를 넣고
실타래처럼 엉켜버린 나의 미래 같은 부추김치를 넣고
꼭꼭 씹어 삼켜야 하는 말라비틀어진 감정 같은 멸치볶음을 넣고

기어이 잊지 않고 마음속에 담아둔 앙금 같은 장조림 국물도 넣고
지난 계절에 이미 사그라든 열정 같은 시들한 상추를 채 썰어 넣고
언젠가부터 내내 식지 않는, 정체 모를 분노 같은 고추장을 풀어 넣고
마지막으로 참고 참았던 눈물 같은 참기름도 몇 방울 넣어서
분노의 비빔밥을 비빈다.

애초에 비빔밥의 맛엔 큰 기대를 하지 않았다.
시들고 마르고 삭아버린 것들을 넣고 비볐는데
무슨 기대를 할 수 있을까.
오늘 먹지 않았으면 버려졌을 모든 것들을
쓸어 담아 만든 분노의 비빔밥은
나만 빼고 모든 사람들의 인생에 덤으로 얹히는 것 같은
오색 고명이 찬란한 전주비빔밥과는 너무나 다르다.
유난히도 초라하고 볼품이 없어 맛을 기대하는 것조차 궁색하다.

나의 인생은 늘 내가 생각했던 것과는 반대로 흘러가는 걸까.
아무런 기대도 하지 않았던 초라한 비빔밥이 그렇게나 맛있다.
나만 빼고 남들은 다 가진 행복 같은
찬란한 고명 없이도 그렇게 맛있을 수가 없다.
얼마나 맛있는지 줄어드는 밥이 아까워 눈물이 날 지경이다.

어울릴 법하지 않은 변두리 재료들이 만나 만들어낸 맛이라고는 상상할 수 없다.

분노의 비빔밥은 어쩌면 빛의 삼원색.
생각지 않았던 색깔들이 섞여 그 색을 잃는 대신
생각지 않았던 재료들이 모여 그보다 더 환한 빛을 만들어
결국엔 가장 밝은 하이라이트 같은 정점의 맛을 내는 것.

그 하이라이트 앞에, 분노는 이내 사그라진다.
비빔밥 한 그릇에, 나는 무려 행복해진다.
내일이 생긴다.

栄養ドリンク
ございます
おでかけにいかがですか?
J2000
J2000

굴소스 폭발 예방법

나는 보통 뭔가를 참아야 하는 상황을 잘 견디는 편이다. 다혈질이긴 하지만 그것은 '감정' 문제와 얽힐 경우에만 표출될 뿐이지, 그저 '몸'으로 불편함을 견뎌야 하는 경우엔 일부러 애쓰지 않아도 그냥 생각 없이 잘 참는 편이다. 이를테면 어떤 물건의 일부분이 고장났다고 해도 그 물건의 주요 기능만 제대로 작동한다면 불평 없이 고치지 않고 쓰는 스타일이랄까. 무던하다고 할 수도 있겠지만, 사실은 무심하다고 보는 편이 맞을 것 같다.
그런데 이런 무심한 나를 돌변하게 만든 일이 일어났다.

그러니까 사건의 발단은 모두 굴소스, 라기보다는 굴소스가 담긴 목이 좁고 기다란 병에서 비롯되었다. 어째서 굴소스의 병 모양이 그렇게 좁고 길어야 하는지는 아. 직. 도. 잘 모르겠다. 병 모양이 어찌 됐건 소스만 맛있으면 그만, 이라고 생각할 수도 있겠지만 굴소스의 경우에는 그 상태가 무척이나 되직해서 병의 좁고 긴 목 부분을 쉽게 빠져나오지 못한다는 게 문제의 발단이다.

새것을 열어 쓸 때야 소스가 가득 차 있으니 별 문제없다. 적당히 기울여서 딱 한 번의 손목 스냅만으로도 내가 원하는 만큼의 굴소스를 충분히, 자연스럽게 덜어 쓸 수 있으니까. 하지만 굴소스를 반 이상 쓴 뒤부터는 웬만큼 흔들지 않으면 굴소스가 병 밖으로 흘러나오는 법이 없다. 그래서 그때부터는 알뜰하게 쓸 수 있기도 하고 소스를 좀 더 편하게 덜어 쓸 겸해서 병을 거꾸로 세워두는데 여기에서 비극이 시작된다.

굴소스를 쓰려고 그동안 거꾸로 세워뒀던 굴소스 병의 뚜껑을 열면, 뒤집힌 채로 입구 쪽에 모여 있던 굴소스가 미처 막을 새도 없이 주르르 흘러내린다. 평소에는 걸쭉하니 절대 쏟아져 흐를 리 없어 보였던 굴소스가 그때만큼은 참 시원하게 대책 없이 잘도 쏟아진다. 그렇다고 쓰기 전에 잠깐 동안 병을 바로 세워놓으면, 그 느릿느릿한 소스들이 다시 병 입구로 모여들 때까지 한참을 기다려야 하거나 위아래를 오가던 굴소스가 병 안쪽에 고루 코팅이 되어 오도가도 않는 상황이 연출되기도 한다.

이때 소스가 빨리 나오길 바라는 마음에서 병을 흔들거나 병의 바닥을 탁탁 치다가는 병에 찰싹 들러붙어 생명을 부지하고 있던 소스와 병 안에 모여 있던 공기가 힘을 합해 엄청난 괴력을 발휘하기도 한다. '펑' 하고 굴소스 폭탄이 발사되는 것이다. 주방 조리대나 손과 그릇에 엉망으로 흩어진 굴소스를 색출해서 닦아내는 일은 밥그릇에 말라붙은 밥풀을 말끔하게 닦아내는 일만큼이나 사람 마음을 날 서게 만든다.

그러고 보니 굴소스를 한번도 깔끔하게 끝까지 써본 적이 없다. 병 안에 좋이 두 큰술은 될 법한 굴소스가 남아 있어도(굴소스 두 큰술이면 누룽지탕을 두 냄비는 끓여낼 수 있는 양이다) 입구가 찐득찐득하게 소스 범벅이 된 병을 눈물 흘리며 버려야 했다. 결국 내가 하고 싶은 말은, 굴소스를 담고 있는 병의 모양이 애초에 비효율적으로 생겨먹었다는 것이다.

사건 당일 나는 다음 날 수업에 쓸 굴소스를 계량해 덜어놓을 참이었다. 병에는 딱 한 번 쓰면 말끔하게 비워질 양의 굴소스가 들어 있었다. 그동안 겪은 게 있어서 거꾸로 세워둔 병의 뚜껑을 열었을 때 소스가 쏟아지지 않도록 미리 그릇을 받쳐두었다. 이제 아주 조심스럽게 뚜껑을 열고 굴소스를 덜어내려고 했지만! 뚜껑을 여는 시늉을 하자마자 어떤 이유에서인지 이미 한껏 약이 올라 있던 굴소스는 마음의 준비를 할 새도 없이, 조금 과장을 더해 말하자면 마치 샴페인의 코르크 마개처럼 포물선을 그리며 날아가버렸다.

심지어 병을 뒤집어서 탁탁 치지 않아도 굴소스 폭탄이 터질 수 있다는 것을 그날에야 깨닫게 된 요리선생은, 홍익인간 이념 따위를 학습했을 리 없는 굴소스가 주방으로 널리널리 이롭지 않게 퍼져나가는 모습을 무력하게 지켜봐야 했다. 다음 날 수업에 쓸 만큼만 남아 있던 굴소스는 그렇게 허무하게, 흔적도 없이 부엌 어딘가로 사라져버렸다.

일이 이렇게 되었으니 당장 내일 수업에 쓸 굴소스를 사러 가야 했다. 늦은 밤이었지만 24시간 운영하는 마트가 가까이에 있어 문제는 없었다. 그런데 분노가 치밀어오르기 시작했다. 굴소스의 좁은 병목에 화가 났다기보다는 다음 수업에 쓰면 딱 알맞을 양의 굴소스가 날아가버린 데 대한 짜증 때문에 점점 노여움이 심해졌다.

왜 이놈의 굴소스 병은 같은 회사에서 출시된 두반장이나 고추마늘소스처럼 입구가 넓고 낮은 모양의 병에 들어 있지 않은지 지금 당장 따지고 싶었으며, 앞으로는 가능한 한 입구가 넓은 유리병에 굴소스를 담아 팔아달라고 사정하고 싶었고, 그게 안 된다면 왜 이런 병에 담게 되었는지 타당한 이유라도 듣고 싶었다. 대답을 듣지 못하면 나는 굴소스를 너무나도 증오한 나머지 다시는 중국요리를 먹을 수 없을 것만 같았다. 그래서 이런 복잡한 심경을 그대로 담아, 노여움에 불타는 마음을 억지로 눌러가며 굴소스 회사 앞으로 메일을 보냈다.

답장은 오지 않았다.

작지 않은 회사이니만큼 고객상담을 위한 메일 마스터가 따로 있을 줄 알았는데 그렇지 않았나보다. 어쩌면 답장할 가치가 없다고 생각했을지도 모른다. 혹은 굴소스 병에 미저리처럼 집착하는 진상 고객의 메일은 '씹는' 편이 나을 거라 생각했을지도 모르겠다. 애초에 메일을 보내서도, 답장을 기대해서도 안 되는 일이었나는 생각은 나중에야 들었다. 서울도 아닌 외곽 변두리에서 조그만 쿠킹 클래스를 하는 요리선생의 말을 귀담아 듣고 120년 전통의 굴소스 병을 바꿀 리는 없으니까. 그렇다고 해도 병 모양에 항의하는 사람이 나 하나밖에 없었는지는 좀 궁금하다.

답장을 기다리며 불쾌해하던 마음도 굴소스를 새로 사면서 더이상 병과 씨름할 필요가 없어지자 금세 누그러들었다. 그리고 굴소스 병 모양을 바꿔야 한다는 무모한 바람보다 굴소스를 편리하게 사용할 수 있는 좀더 현실적인 방법을 찾았다. 처음부터 입구가 넓은 병에다 모두 덜어두고 쓰는 것이다. 너무나 간단한 방법을 나는 왜 이제야 알게 된 걸까. 혹시 남들은 벌써 다 알고 있었던 걸까?

입구가 넓은 병에 옮겨 담은 굴소스를 계량스푼으로 시원시원하게 덜어 사용하게 된 그날 이후로 내 주방에는 평화가 찾아왔다. 행여 앞으로 굴소스 병이 지금보다 더 좁아져 유리 대롱처럼 가늘어진대도 이젠 두려울 것이 없다.

이렇게 개운할 정도로 속 시원한, 그러나 사실은 몹시 하찮은 발견을 하고 난 후, 나는 내가 무던하거나 무심한 사람이 아니라 단지 머리가 나쁜 다혈질의 사람인 것 같아 조금 부끄러워졌다.

저 산은 보르도 와인을 닮았을까

나는 소문난 몸치라서 운동이 그리 즐거웠던 적이 없다. 남들은 16초쯤에 주파하는 100미터를, 내 바로 뒤에서 쫓아오듯 땅이 꺼지고 있다고 상상하며 발바닥에 불이 나도록 달려도 20초 안에는 뛸 수가 없었다. 사실 100미터 달리기뿐만 아니라 모든 운동을 대체로 못하는 편이다. 기껏 해봐야 공놀이나 첨벙대며 개헤엄을 치는 것이 그나마 내가 좋아하는 운동이었는데, 나이가 들면서 새롭게 취미를 붙인 것이 바로 등산이다. 다행히 등산은 순발력을 요구하지 않는 운동이라 기본적인 체력과 지구력만 가진 나에게 딱 적당했다.

등산하는 동안엔 생각할 시간이 많음과 동시에, 아이러니하게도 결국 그 생각들을 모두 내려놓고 아무 생각도 하지 않게 되는 것이 참 좋다. 산은 아무리 쉽다고 해도 산이라, 어느 산도 만만하고 호락호락한 법이 없다. 그래서 산을 오르는 발걸음에 고민이나 상념의 무게까지 더해서는 안 된다. 등산할 때는 심신의 모든 것을 내려놓고 온전하고 가벼운 존재가 되어야 한다. 그래야 어느 순간 마음이 하는 얘기들에 귀기울일 수 있게 되고 가장 빛나는 영감을 얻을 수 있다.

산이나 산에 오르는 과정에 대한 감상은 사람의 취향에 따라 확연하게 달라지는 듯싶다. '산이 마치 브람스 같다'며 음악에 비유하는 사람도 있고, '산에 오르는 일은 벽돌을 하나하나 쌓아 집을 짓는 일'과 같다며 건축에 비유하는 사람도 있고, '산 앞에서 겸손하라'며 종교처럼 대하는 사람도 있다. 나의 경우엔 숨이 턱까지 차오른 채로 산 중턱에 올랐을 때, '와인'의 모습을 보았다.
능선을 따라 바위가 많아 선이 굵고 단단한 느낌이 드는 산은 강건한 보르도 와인과 닮았고, 낮은 구릉이 아득하게 이어져 나무들이 폭신한 잔디처럼 보이는 산은 섬세한 부르고뉴 와인의 모습을 닮아 있다. 같은 산이라도 해마다, 계절 또는 하루의 시간대에 따라 그 모습을 달리하는 것은 마치 같은 종류의 와인이 빈티지에 따라 전혀 다른 맛을 내는 것과 흡사하다.
가끔은 아주 훌륭한 뱅드 타블Vin de Table, 원산지 표시가 없는 일반적인 프랑스산 테이블 와인을 만나는 것처럼 동네 뒷산의 오솔길에서 생각지 못한 마음의 평화를 얻기도 하고, 스파이시하고 탄닌이 강해 쉽지 않았던 와인이 오히려 기억에는 오래 남는 것처럼 죽을 것 같이 힘들었던 산행이 두고두고 잊히지 않는 즐거움이 되기도 한다. 그리고 어떤 와인을 마시느냐보다 누구와 함께 마시느냐가 그 맛을 좌우하는 것처럼 누구와 함께 산에 오르는가가 등산의 전부일 때도 있다. 무엇보다 누구도 부인할 수 없는 가장 큰 공동점은, 바로 와인이든 등산이든 만만하게 봤다간 뻗어버린다는 것!

나는 평소 먹는 것에만 관심을 둬서 그런지 몰라도 산과 와인처럼 닮은 것이 또 있을까 싶다. 사람으로 치자면 이란성 쌍둥이쯤 되지 않을까. 그렇다고 산에 갈 때 와인을 가져가는 일은 많지 않다. 아쉽지만 산에서 먹는 술로는 와인보다는 소주가 조금 더 나으니까.

절정에 오르는 과정

세인 씨가 지리산에 가보자고 얘기했을 때 나는 벌써 팔다리가 뻐근해져오는 착각이 들면서 겁부터 났다. 한때는 일주일에 최소 두 번은 산에 오르고 어지간한 남자들보다 속도도 빨랐지만, 그것은 그야말로 어느 '한때'의 이야기이다. 섣부른 등산이 얼마나 위험한지, 동행에게 얼마나 민폐를 끼치는지 너무나도 잘 아는 나는 거듭 강조했다.
"내가 등산 가본 지가 너무 오래됐어요. 산책 정도의 코스여야 갈 수 있을 거 같아요."

그렇게 세인 씨와 산행에 나선 건 8월 말이었다. 벌써 9월을 맞이할 준비를 하는 건지 여름의 습습함은 흔적도 없이 사라지고, 팔이 따가울 정도로 쨍하게 햇살이 비추는 날이었다. 성삼재 휴게소에 도착

했을 때 하늘에는 구름 한 점 없어 마치 영화 속에 나오는 가짜 하늘을 마주하는 느낌이었다.

"여기 주차를 하고 조금만 걸어 올라가면 돼요. 올라갔다가 다시 여기로 내려올 거고요."

등산 초보 시절에 '여기서 한 100미터만 올라가면 정상'이라는 거짓말에 얼마나 많이 속았던가. 산에서의 100미터가 보통의 100미터와 얼마나 다른지 미처 알지 못했던 시절이었다. 그래도 나는 일단 세인 씨를 믿고 노고단을 향해 걷기 시작했다.

성삼재 휴게소에서 노고단으로 가는 초입은 등산화가 미끄러질 정도로 자잘한 돌이 많고 먼지가 풀풀 날리는 흙길이었다. 나무도 많지 않고 오로지 구경거리라곤 파란 하늘 정도여서 딱히 볼 만한 풍경이 아니었다. 조금 지루한 흙길이 끝나자 가파른 돌계단이 이어졌다. '올게 왔구나' 싶었지만 뜨거운 늦여름, 오랜만에 흘리는 땀이 시원하게 느껴져 등산도 해볼 만하다고 생각하던 차에 세인 씨가 말했다.

"요 길만 넘어가면 노고단 정상 바로 앞에 있는 노고단 휴게소예요."

흘린 땀이 무색할 정도로, 이제 본격적으로 등산을 즐기려던 나의 결심이 민망하게도 성삼재에서 노고단은 가까웠다.

등산이랄 수도 없는 산보를 하다가 노고단 휴게소에 앉아서 찐 감자와 떡을 먹고는 노고단 정상으로 향했다. 정상은 노고단 휴게소에서 손에 잡힐 듯 가까웠는데, 주변 시야를 가리는 것이 아무것도 없어 무척 시원스러운 풍경이었다. 나무 계단으로 된 등산로가 아주 잘 정리되어 있는 데다 경사도 심하지 않아, 부담 없이 산책하듯 길을 따라 오르니 금세 노고단 정상에 닿을 수 있었다.

그렇게 노고단 정상에 도착해 무심결에 뒤를 돌아보았다. 입 밖으로 탄성이 절로 나왔던 경우는 이때가 처음이었던 것 같다. 뭐라 말로 표현할 수 없이 가슴이 먹먹하고 눈물이 날 것 같은 풍경이 끝없이, 겹겹이, 그리고 아득하게 펼쳐져 있었다. 나는 차마 발길을 떼지 못했다. 감동적인 지리산의 기운이 혈관을 따라 내 온몸 구석구석에 퍼지는 것을 멈추게 하고 싶지 않았다.

한동안 그렇게 숨 막히는 풍경을 바라보고만 있는데 이내 아쉬운 마음이 들었다. 차를 타고 올라와 성삼재에서부터 걷는 게 아니라 아예 산 아래에서부터 내 발로 한 걸음 한 걸음 걸어 올라왔다면, 지금 이 풍경을 훨씬 더 감동적으로 맞이할 수 있지 않았을까. 멋쩍음과 아쉬움이 뒤섞여 자책하기 시작했다.

등산하는 사람들에게 죽을힘을 다해 오른 산 정상에서 맞는 시원한 바람과 탁 트인 풍경은 마약보다 더한 중독이며 유혹이다. 그러니 산을 절반 넘게 차로 올라와 고작 한두 시간 정도 걸은 뒤에 이런 풍경과 마주하는 것에 대한 죄책감은 등산 애호가들이라면 누구나 이해할 것이다.

한참 그런 생각을 하고 있을 때, 저 아래에서부터 거대한 배낭들이 움직이는 게 보였다. 스물한두 살쯤 되어 보이는 젊은 친구들 셋이 자기들 키만큼이나 커다란 배낭을 메고 정상으로 올라오고 있었다. 이미 며칠 동안 지리산 종주를 해온 듯 몰골이 말이 아니고 땀도 비 오듯 흘리고 있었지만 눈빛만은 반짝반짝 빛났다. 그들은 배낭이 힘에 부쳤는지, 아니면 정상의 풍경을 조금이라도 빨리 만나고 싶었는지 도중에 배낭을 풀어놓더니 노고단 정상을 향해 미친듯이 달려 올라왔다. 그리고 그들도 나처럼 그렇게 탄성을 지르며 정상에서 한동안 움직이지 못했다.

'아, 바로 저건데. 저렇게 했어야 하는데, 지리산만큼은.'

편리한 산행을 마치고 깨달은 것은, 풍경의 절정을 제대로 맛보려면 고된 산행을 거쳐야만 한다는 평범한 진리였다. 아마 인생도 마찬가지 아닐까. 행복의 절정을 맛보기 위해서는 그만큼의 고된 시간이 필요할지 모른다. 그날의 산행은 많은 것들을 손쉽게 가진 후에 얻는 밋밋하고 부끄러운 행복이 아니라, 작지만 온전한 나만의 행복을 찾고 싶다고 입버릇처럼 떠들던 나에게 크나큰 질책과 격려를 동시에 선물해주었다.

21877
WOOD TOUCH INC

마음에 남은 치즈 한 조각

스테인리스로 된 작은 건물을 연상시키는 치즈 그레이터는 사방이 크기가 다른 날카로운 요철들로 이루어져 있어 사용할 때마다 늘 손이 움츠러든다.

치즈를 갈 때는 손에 쥔 치즈를 그레이터 위에 대고 앞뒤로 움직이는 무의식적이고 반복적인 운동을 하게 되는데, 늘 치즈의 작은 조각까지 남기지 않고 다 갈겠다는 욕심 때문에 손을 베곤 한다. 치즈에 체중을 조금씩 더 실어가며 반복운동을 하다보면 손의 움직임에 가속도가 붙고, 치즈의 크기가 줄어드는 것을 인식하지 못한 채 무의식적으로 계속 움직이다가 딱 2밀리미터의 차이 때문에 금세 엄지손가락마디 언저리에 붉고 깊은 상처가 난다.

BRINDISA
SPANISH FOODS

THE EDGE OF POISON
Todays Special

치즈 그레이터에 다친 상처는 어지간해서는 쉽게 아물지 않고 흉터로 남기도 한다. 그래서 한 번이라도 손을 베인 사람은 그레이터가 얼마나 무서운 무기가 될 수 있는지 잘 안다. 스스무 선생님은 앞으로 계속 요리를 할 생각이라면 꼭 장갑을 끼고 그레이터를 다뤄야 한다고 말해줬을 정도니까.
나 역시 치즈 그레이터에 엄지손가락 마디를 심하게 다친 적이 있지만, 어쩐지 장갑을 낀 채로 치즈를 가는 것이 어색해서 늘 맨손으로 치즈 그레이터를 잡는다. 조심하면 괜찮을 거라고, 다 내가 조절할 수 있는 일이라며 치즈를 갈기 시작하지만 삭삭 잘 갈리던 치즈의 크기가 줄어들수록 두려움이 점점 커지면서 결국 끝까지 갈지 못하고 치즈 덩어리를 남기고 만다.

남겨진 치즈 덩어리를 보며 그동안 손이 다칠까봐 두려워 끝까지 갈지 못한 치즈들이 얼마나 될까 생각했다. 그렇게 남겨진 모난 치즈 조각처럼 못 다한 내 마음들도 생각이 났다.

인생이란 백 통의 사워크림을 비워내는 일

사워크림이라는 난감한 물건이 있다. 우리나라에서 한때 사워크림sour cream이 아니라 '샤워'크림으로 이름이 잘못 알려졌을 때만큼 사워크림 입장에서는 참 난감한 적도 없었겠지만 그걸 한 통 사고 난 우리 마음도 그만큼이나 난감해진다. 엄청나게 큰 용량에 비해 유통기한이 지나치게 짧기 때문이다. 970그램짜리 한 통을 레스토랑도 아닌 웬만한 집에서 유통기한 내에 쓰기엔 무리다. 이 세상에 요리에 사용된 사워크림보다 유통기한이 지나 버려진 사워크림이 훨씬 더 많을 거라는 데 나의 영혼을 걸 수도 있다.

그럼에도 불구하고 사워크림을 계속 찾게 되는 이유는 그 맛의 지점이 참으로 절묘하기 때문이다. 풍부한 크림 맛과 발효 유제품의 새콤한 맛을 동시에 가지고 있어 느끼함과 산뜻함의 경계를 오간다. 동물성 같으면서도 왠지 식물성에 가까운 것 같고, 먹으면 살만 찔 것 같으면서도 또 건강해질 것 같기도 하고, 고기가 포함된 메인요리에 잘 어울리면서도 디저트를 만들 때도 자주 사용하는, 사워크림의 위치란 그런 것이다.
멕시코 요리건 치즈케이크건, 아무리 적은 양이 필요하다고 해도 사워크림이 빠진다는 건 조금 아쉬운 일이다. 그래서 조금밖에 먹지 못하고 유통기한이 지나는 한이 있더라도 꼭 사워크림을 사곤 한다. 이것이 사워크림의 '위치'를 넘어선 '위상'인 것이다.

친구에게 생일선물로 줄 기네스 컵케이크를 굽기 위해 사워크림을 한 통 산다. 기네스 컵케이크가 유독 다른 것보다 촉촉하고 녹진한 비결은 바로 사워크림 덕분이다. 물론 사워크림이 들어가는 요리가 대부분 그렇듯 기네스 컵케이크에도 그리 많은 양이 필요하진 않아서, 컵케이크를 구운 후에는 항상 사워크림이 많이 남는다.
그래서 난 보통 기네스 컵케이크를 굽고 나서 비프 스트로가노프를 만들곤 한다. 양파와 양송이, 쇠고기를 볶은 뒤 뭉근히 끓여 진한 국물을 내면 되는데 여기에 사워크림을 더하면 그 맛이 더욱 부드럽고 풍부해진다. 이렇게 만든 비프 스트로가노프를 밥이나 파스타에 끼얹어 다진 신선한 이탈리안파슬리와 후춧가루를 슬쩍 뿌려 먹으면 간편하면서도 푸짐한 별미가 된다. 음식의 태생이 러시아라 그런가,

어쩐지 추운 겨울에 먹으면 더 맛있는 비프 스트로가노프는 사워크림을 왕창 쓸 수 있는 최적의 레시피다.

그렇지만 스트로가노프를 6인분쯤 만들어도 여전히 사워크림은 많이 남아 있을 거다. 그러면 나는 다시 오트밀 크럼crumb, 빵이나 비스킷의 부스러기을 얹은 사워크림 케이크를 만든다. 밀가루에 달걀, 약간의 버터와 사워크림만 넣으면 역시나 기네스 컵케이크처럼 촉촉한 케이크가 만들어진다. 바삭한 크럼과 촉촉한 케이크의 조합이 꽤 멋지다.

그래도 사워크림이 남는다면? 다음은 칠리 콘 카르네쇠고기를 갈아 칠리, 콩 등을 넣어 만든 스튜 차례다. 토마토와 콩, 쇠고기 섞은 것에 마치 이것이 멕시코 요리라는 것을 증명하듯 커민을 듬뿍 넣고 마무리로 사워크림과 체다치즈를 살짝 얹는다. 두툼한 칠리의 맛이 사워크림 덕분에 가벼워지는 듯하다가 다시 그 끝은 매끄럽고 농후하다.

칠리 콘 카르네까지 요리해도 사워크림은 아직 남아 있을 것이다. 그러면 밀가루에 파마산치즈와 버터, 그리고 남은 사워크림을 넣고 반죽해서 사워크림 스콘을 만든다. 비스킷과 롤빵 중간 어디쯤의 맛이 나는 사워크림 스콘은 버터를 발라 먹어도 맛있고, 클램차우더대합조개수프에 곁들이면 훌륭한 짝이 된다. 그리고 마침내, 드디어, 결국, 사워크림 한 통이 바닥을 보인다. 미션 클리어!

내가 처음부터 사워크림 한 통을 이렇게 가뿐하게 처리할 수 있었던 건 아니다. 매사에 충동적인 편이라 충동구매한 사워크림을 다 처치하지 못하고 무지개색 곰팡이가 피도록 방치하다 버린 것이 부지기수였다. 하지만 주방에 머무르는 날들이 길어지다보니 '이 많은 사워크림을 어찌 다 처치하지'라며 동동거리지 않아도, 유통기한이 지나기 전에 사워크림 한 통을 남김없이 알뜰하게 사용하는 게 어느덧 자연스러워졌다. 물론 이렇게 되기까지 무려 10년이란 시간이 흘렀지만.

사워크림 한 통을 맛있게 운용할 수 있는 지혜를 얻는 데 내 요리 인생과 거의 맞먹는 만큼의 시간이 필요했다는 걸 알게 된 순간, 지금껏 원하는 걸 얻지 못해 안달복달하거나 남들만큼 이루지 못해 스스로를 자책하며 살아온 태도에 조금 느긋함이 생겼다.
인생은 사워크림 한 통을 상하기 전에 다 비우는 것보다 더 난감한 숙제다. 게다가 인생은 사워크림처럼 일정한 맛과 품질이 보장되어 있지도 않으니까. 그러니 인생이 왜 이렇게 계획대로 살아지지 않느냐고 조급해할 필요가 없다.

그러지 않아도 10년쯤 지나면 사워크림을 알뜰하게 쓰는 방법을 터득하게 되듯이, 살면서 부딪치는 난감한 숙제들도 때가 되면 자연스레 온전하게, 맛있게 해결할 수 있을 것 같다. 설사 무지개색 곰팡이가 피어버렸다 해도 예전처럼 불평하며 수챗구멍에 쏟아버리는 대신, '조금 늦어도 괜찮아. 시간이 지나면 이 시간을 보상받을 만한 지혜가 생기기 마련이니까'라며 스스로 격려할 수도 있지 않을까. 어쨌거나 인생은 유통기한이 닷새쯤 되는 사워크림 한 통이 아니라 신선한 사워크림이 빽빽하게 들어찬 거대한 창고에 가깝다. 곰팡이 정도에 좌절하지 않을 만큼 내 인생에는 충분한 양의 사워크림이 있다.

시끌벅적
바비큐 파티

내일은 없다

선택의 기로에 선 사람들이 "너라면 어떻게 하겠어?"라고 의견을 물어올 때마다 난 늘 같은 식으로 대답한다.

"내일이면 죽는다고 생각하고 결정해봐."

그럼 다들 왜 그리 사람이 극단적이냐며 놀란다. 그렇지만 나야말로 궁금하다. 마냥 고민스러운 일들, 인생을 좌우하는 선택들 앞에서 어떻게 죽음을 떠올리지 않을 수 있는지를. 나에게 내일이 당연히 있을 거라는 확신과 자신감, 그 영원에 대한 믿음은 어디서 오는 걸까.

물론 나 역시 사람인지라 죽음에 초연할 만한 배짱을 가지지 못했으며 그것을 반겨 맞을 자신도 없다. 다른 모든 평범한 사람들처럼 죽음이 두렵기는 마찬가지다. 그렇지만 죽음을 막연히 두려워하는 것과 생의 끝에 죽음이 존재함을 분명히 인식하고 사는 것은 큰 차이를 만든다. 인생에 남은 시간이 점점 줄어든다고 생각하는 만큼 생에 대한 절실함이 점점 커져, 이것이 곧 삶에 대한 뜨거운 에너지로 전환되기 때문이다.

내가 죽음에 대해 진지하게 생각해본 건 서른살 무렵, 가까운 친구 아버님의 장례식장에서였던 것 같다. 이혼 후 힘든 시간을 보내고 있는 친구에게 "나는 이제부터는 내 딸이 어디에도 연연하지 않고 행복한 인생을 살기 바란다. 나는 네가 '엔조이'하는 삶을 산다 해도 괜찮다고 생각한단다"라는 메일을 보낼 정도로 쿨하고 멋있었던 아버님이 세상을 떠나기 전에 이런 말씀을 하셨더란다.
"나는 말이야, 이제 죽을 때가 다 되어 생각해보니까 돈 많이 못 벌고 큰 명예를 얻지 못하고 산 건 하나도 억울하지 않은데, 나 살리자고 저렇게 애쓰는 젊은 의사들처럼 치열하게 살아본 적이 없는 것 같아서, 그게 참 억울해."
나는 장례식장에서 육개장 한 그릇을 앞에 두고 친구로부터 아버님이 하신 말씀을 전해 듣고는, 피할 수 있으면 영원히 피하고 싶고 당분간은 나와 전혀 상관없는 일이라 믿고 밀쳐두었던 죽음에 대해 달리 생각해보게 됐다. 그때 처음으로 죽음 자체가 두려운 게 아니라 죽는 순간, 지나온 삶을 되돌아보며 그동안의 망설임과 나태에 대해 후회하는 일이 두렵겠다는 생각이 들었다.

'그때 그렇게 살지 말았어야 했는데……'라는 후회가 숨이 멎는 순간에야 든다면 얼마나 불행하고 서글픈 일일까. 죽음이란 나에게 일어날 수도 있고 일어나지 않을 수도 있는 일이 아니라 그 누구도 피해갈 수 없는 것이다. 하지만 그 순간을 내가 결정할 수 있는 것도 아니고 앞으로 남아 있는 시간이 얼마나 되는지 알 길이 없으니, 차라리 죽음을 두려워하기보다는 하루하루 최선을 다해 살아야겠다는 생각이 들었다. 두려움과 공포가 연상되던 죽음이 이제는 삶을 제대로 살아가는데 다른 어떤 이유보다도 명확한 동기와 에너지로 변했다.

그날 이후로 나는 어떤 중요한 결정을 앞두면 늘 죽음을 떠올리게 되었다. 만약 내일 죽는다면 나는 무엇을 선택할지 진지하게 고민했다. 때로는 평범한 일상을 보내면서도 내가 지금 잘하고 있는 건지 확인하고 싶어서, '내일 죽어도 괜찮을 만큼 열심히 살고 있니?'라고 스스로에게 물어보기도 했다.
내일 죽는다고 생각하니 오늘 가장 행복해야 했고, 지금 어떠한 이유로 망설이고 있는 것들이 죽음 앞에선 한낱 사소한 일들이란 생각에 용감하게 선택하면 후회할 일도 별로 없었다. 일단 무엇이든 결정하고 도전했다는 사실만으로 이미 홀가분해졌고, 선택을 내린 만큼 또 그에 걸맞은 노력을 기울이다보니, 그런 노력에 따른 당연한 보람과 기쁨을 맛볼 수 있었다.

누구에게나 권할 수는 없겠지만, 나처럼 머릿속이 무질서해질 만큼 지나치게 생각이 많아 괴로운 사람이라면 '죽음'이라는 인생의 대전제를 앞에 두고 생각하는 버릇을 들이면 만사가 조금은 수월해질 것 같다.
그러니 부디 선택의 순간마다 한 번쯤 나의 남은 시간들을 떠올려보길, 마음이 하는 얘기들에 귀기울여보기를, 그리고 절대 망설이지 말길 바란다. 지금도 시간은 계속 죽음을 향해 흐르고 있으니까.

내 인생의 샤브샤브

내가 샤브샤브를 처음 먹어본 것은 이십대 초반이었다. 그때는 지금처럼 샤브샤브가 8천 원짜리 국민 외식 메뉴로 떠오르기 훨씬 전이었고 샤브샤브를 파는 식당 자체가 그리 많지 않았다. 가격도 상당했는데, 내가 처음 제대로 된 샤브샤브를 먹어본 강남의 '진상'이란 레스토랑은 특히 심했다.

'진상'에서는 음식을 먹는다기보다 단정한 유니폼을 입은 예쁜 웨이트리스 언니가 아주 능숙한 솜씨로 음식을 착착 준비해주는 세련된 퍼포먼스를 보는 것 같았다. 웨이트리스가 말간 육수가 끓고 있는 커다란 냄비에 배추와 쑥갓, 버섯 같은 채소와 쇠고기를 넣고 살랑살랑 익혀주면, 풋풋한 채소는 새콤하고 개운한 폰즈 소스에, 촉촉하게 익힌 쇠고기는 폰즈 소스와 깨 소스를 섞은 것에 살짝 찍어 먹었다. 채소와 쇠고기가 익는 동안 밍밍하던 육수에 이내 기름기가 돌며 농도가 짙어지고, 웨이트리스는 곧 여기에 국수를 말거나 죽을 쑤어 냈다. 갖가지 재료들이 충분히 우러난 육수로 끓여 낸 곡류는 자연스럽고 고급스러운 천연조미료의 맛이 더해져 깊은 감칠맛이 났다. 그 당시 샤브샤브는 참 우아하며 맛있는 음식이었다.

요즘의 샤브샤브는 그때처럼 고급 요리는 아니어서 언제든 먹고 싶을 때 먹을 수 있는 평범한 메뉴가 되었다. 동네 샤브샤브집은 대개 번잡한 분위기를 감수해야 하지만 내가 직접 샤브샤브를 조리해 먹을 수 있다는 장점도 있다. '셀프'로 만들어 먹는 샤브샤브를 몹시 귀찮게 여기며 마치 찌개 끓이듯 재료를 한번에 몽땅 냄비에 넣고 끓여 먹는 사람도 있지만, 나는 예전에 유니폼을 입은 예쁜 웨이트리스가 해주던 일련의 과정들을 흉내 내며 차근차근 샤브샤브를 끓여 먹는 걸 즐긴다. 인생이란 샤브샤브를 먹는 과정과 얼마나 닮아 있는지 감탄하면서 말이다.

마치 우리네 일상과도 같은 밋밋한 육수에 파릇하고 싱싱한 '청춘' 같은 채소가 들어가면 금세 개운하고 시원한 맛이 난다. 그리고 쇠고기에서 진한 맛이 녹아내려 국물에 깊이와 든든함을 더하는데 쇠고기에 촘촘히 그려진 마블링이 마치 인생의 '경험'과 '지혜'를 연상시킨다.

혜안처럼 깊어진 육수에 노년의 은발을 닮은 국수발을 풀어 넣고 식사의 마지막을 깊고 충만한 맛으로 마무리하고 나면 샤브샤브를 통해 한 번밖에 주어지지 않아서 연습해볼 수 없는 인생을 운 좋게 미리 한번 경영해보는 듯한 느낌이다.
어느 과정 하나도 허투루 지나칠 것 없이 차근차근 더해져 결국에는 하나의 진한 결과물이 만들어지고, 조금만 재료를 날리해도 맛이 한 뼘도 넘게 차이가 나는 무궁무진한 가능성을 갖고 있다는 사실 또한 인생과 닮았다.

그래서 나는 샤브샤브를 먹을 때마다 이번엔 어떤 스타일로, 어떻게 만들어야 할까 고민한다. 채소로만 맛을 낸 샤브샤브는 깔끔하고 담백해서 좋지만 어쩐지 조금 허전한 느낌이 들고, 쇠고기만 많이 넣은 경우는 처음엔 입에 착착 붙어도 결국 너무 무겁고 탁해져서 먹기가 좀 부담스럽다. 내가 만든 샤브샤브엔 채소와 고기, 이 두 가지가 적당히 들어갔으면 좋겠다. '적당히'라는 것이 얼마나 애매하고 곤란한 분량인지 잘 알지만, 어쨌거나 서로 맛있게 어울릴 수 있는 재료들이 무엇 하나 빠지지 않고 알맞은 비율로 들어가면 좋겠다.
샤브샤브를 끓여 내는 과정이 인생의 그것과 같다고 할 때, 내가 살고 있는 지금 이 순간은 채소를 다 먹고 나서 이제 막 쇠고기를 두어 점 익혀 먹기 시작한 시점이었으면 좋겠다. 이십대의 풋풋한 실수와 같은 채소는 이미 넉넉히 맛보았고, 경험과 지혜의 마블링이 새겨 있는 쇠고기가 아직 접시에 듬뿍 남아 있는 상태라 앞으로 내 인생에 좀더 깊고 풍부하며 든든한 맛이 녹아들면 좋겠다. 그래서 내 샤브샤브의 마지막을 장식할 국수가 농익은 육수를 충분히 머금은 채로 부드럽게 잘 익기를, 별다른 고명을 더하지 않아도 여러 사람과 나누기에 부끄럽지 않은, 소박하지만 깊고 따뜻한 맛이 나기를…….

스케줄러를 역순으로 채워보기

직장생활을 할 때 내 위로 상사가 있었던 적이 별로 없다. 두어 명 있긴 했지만 사실 그들을 진심으로 상사로 대한 적은 없었다. 내가 그들의 존재를 인식하지 못한 것은 그들의 무능함도 한몫했지만 나 역시 만만치 않게 '싹퉁머리' 없는 회사원이었기 때문인 것 같다.
그런 내가 지금껏 유일하게 직장상사라고 생각하는 사람이 있는데, 바로 나와 같은 창업 멤버였고 나보다 세 살 많은 전 직장의 과장님이다. 사리 분별이 명확하고 합리적이고 논리적이며, 다소 마이너한 유머감각에, 따뜻한 성품까지 고루 갖춘 분이었다. 무엇보다 부하 직원인 나에게 참 많은 비전을 제시해주었기에 과장님을 유일하게 직장상사로 기억하고 있는 것 같다. 또 나의 당당한 주량을 완성시킨 훌륭한 술친구였기 때문이기도 하고.

회사가 제대로 된 모양새를 갖춘 지 1년쯤 되었을 때 과장님은 원래 계획했던 유학을 떠난다며 퇴사했다. 참 어려운 시기에, 말 잘 통하는 상사가 그만둔다고 하니 얼마나 앞이 캄캄하던지…… 그래서 술 한 잔 놓고, 이럴 때 과장님이 퇴사하면 나는 이제 앞으로 어떻게 사냐고 울먹거리며 따져 물었다. 그때 그분이 나에게 이런 얘기를 해줬다.
"네가 앞으로 어떻게 살아야 할지 걱정된다면, 일단 엑셀을 띄워. 그 다음 네가 몇 살까지 살 수 있을지, 혹은 살고 싶은지 칸수를 세어 체크해. 그런 다음, 네 생의 가장 마지막에 하고 싶은 일을 적어. 그리고 그 일을 하기 위해서는 그 전에 먼저 무엇을 이루어야 하는지 역순으로 적는 거야. 그러다보면 스물일곱살, 현재 너의 나이까지 오게 될 거고, 자연스럽게 앞으로 어떻게 살아야 할지 길이 보일 거야."

인생 스케줄러를 거꾸로 짜보라니.
과장님답지 않게 전혀 위로가 되지 않는 말을 위로랍시고 하는 건가 싶어 허투루 들었는데, 나 또한 회사에 사의를 표하고 퇴사일까지 6개월 남짓 시간이 남았을 때 문득 과장님의 말이 떠올랐다. 내가 진짜 하고 싶은 일 때문에 퇴사를 선택했고 나름의 계획도 있었지만, 궁극적으로 어떤 인생을 살고 싶은가에 대해서는 제대로 대답할 수 없었기 때문이다.
그래서 속는 셈치고 퇴사 전 6개월간, 6년의 회사생활을 정리하며 엑셀을 열어놓고 과장님 말대로 틈틈이 역산을 해보기 시작했다. 내가 언제까지 살 수 있을지, 그때 무엇을 하고 싶은지, 그러려면 어떻게 살아야 하는지에 대해서. 무모하게만 생각했는데, 그러고 나니 퇴사 후 2년간의 계획까지 꼼꼼하게 세울 수 있었다. 오랫동안 스케줄러에 의지해 살아왔던 터라 그렇게라도 스스로에게 채찍질이 필요했는지 모르겠다.

그래서 그 계획들은 잘 지켰냐고?

요리를 배우고, 프리랜서로 일하며 작게나마 나를 알리고, 나만의 요리책을 내는 것이 퇴사 후 2년간의 스케줄에 포함되어 있었으니 어느 정도 잘 맞춰서 진행했다고 봐도 될 것 같다. 그다음부터는 2년간 준비해왔던 일들에 탄력이 붙으면서 내가 어떠한 판단을 하기도 전에 많은 일들이 알아서 움직이기 시작했다. 그리고 나도 모르는 사이에 요리선생이 되어 있었다.

클래스 오픈을 앞두고 예전에 엑셀에다 만든 평생 스케줄을 다시 한 번 열어보았다. 과연 내가 잘 살고 있는지 확인할 수 있는 방법은 그것밖에 없었으니까. 파일에는 나이 마흔이 되면 쿠킹 클래스를 열겠다며 빨간 체크가 되어 있었다. 계획보다 5년 빠르게 내 클래스를 갖게 됐다. 물론 내 안의 콘텐츠들을 좀더 잘 가꾼 후에 클래스를 열었으면 좋았을 것 같다는 생각도 들지만 인생의 바다에서 만나게 되는

'운명'이라는 조류는 꼭 예측대로만 움직이는 건 아니니까.

클래스를 시작한 후 벌써 4년이 넘는 시간이 흘렀다. 옆을 돌아볼 겨를도 없이 바쁘게 보냈던 그 시간 동안 열정을 다해 일하면서 좋은 인연들을 많이 만났고, 몇 번의 어려운 순간들을 넘기며 스스로도 대견할 만큼 세상을 보는 깊이와 시야가 달라졌음을, 그리고 이젠 한 뼘 정도 어른에 더 가까워졌음을 느낀다. 지난 4년이란 시간이 후회 없을 정도로.

이제 다시 그때 만들었던 엑셀 파일을 열고서 내 인생의 좌표를 점검해봐야 할 것 같다. 작아진 옷을 조금 늘리고, 느슨해진 나사를 좀더 조이며, 빡빡해진 톱니바퀴에 기름을 칠하는 기분으로 엑셀의 작은 셀들을 하나씩 클릭해볼 작정이다. 이번에 만날 운명의 조류만큼은 내가 직접 만들어보고 싶다.

사표를 준비하는 사람들을 위한 조언

"부럽다. 일하고 싶을 때 일하고 쉬고 싶을 때 쉬고. 나도 너처럼 팔자 좋은 프리랜서로 살고 싶다."

"너도 회사 그만둬~"

그러면 백이면 백 똑같은 대답이 돌아온다.

"그만두고 뭘 해? 너처럼 할 줄 아는 것도 없고."

"그럼 계속 다니든가."

그럼 약간 짜증 섞인 답이 돌아온다.

"계속 다니기가 싫다니까."

"그럼 뭐라도 배우든가."

"회사 다니기도 피곤해 죽겠는데 뭘 배워."

이런 대화를 주고받을 때마다 나는 드라마가 사람들을 망쳐놓았다는 생각이 든다. 드라마 속에 그려진 프리랜서의 모습에는 그들이 견뎌내야 할 모든 불편하고 힘든 과정들이 생략되어 있다. 은수저를 물고 태어났어도 불가능한, 정녕 허구에만 존재할 수밖에 없는 가공의 인물들이다. 현실은 절대 그런 법이 없다. 겉으로는 아무리 팔자 좋아 보이는 프리랜서들이라도 그 이면으론 불편하고 힘든 과정들로 점철된 가시밭길을 쉬지 않고 걷고 있다.

물론 프리랜서들에게 "당신처럼 살려면 어떻게 해야 하나요?"라고 물어본다면 그들은 팔자 좋아 보이는 미소를 띤 채 "좋아하는 일을 열심히 하시면 돼요"라고 대답할 수밖에 없다. 막연한 동경만 가지고 프리랜서로서의 삶을 인생 최대의 탈출구로 생각하는 사람들 앞에서 어떻게 속내를 다 내보일 수 있을까. 지금의 자리에 서기까지 얼마나 눈물을 삼켜야 했는지, 어떤 실패를 겪었는지, 어떤 절박함에 시달리고 있는지 쉽사리 말해줄 수 없을 것이다.

재능이 있어도 열정과 순수가 결여된 재능은 곧 무능과 마찬가지다. 얄팍한 재주를 재능으로 오해하고 아무 노력도 하지 않으면서 오로지 그럴듯한 외양만 꿈꾸는 사람들에겐, 족집게 과외 같은 그 어떤 조언들도 앞으로 맞닥뜨릴 험난한 과정을 견디는 데 에너지로 작용하지 않는 법이다. 사실 환상에만 들떠서 조언이 잘 들리지 않을지도 모른다. 그래서 프리랜서들은 조언을 아낀다. 아니 사실은, 조언을 낭비하고 싶어 하지 않는다는 표현이 더 맞을 것이다.

정말 '좋아하는 일'이 있는가?
그 일을 지금 하는 일보다 더 잘할 수 있다는 '확신'이 있는가?
그 일에 몇 시간쯤은 거뜬히 집중할 수 있는 '열정'이 있는가?
그 일을 위해 회사를 다니면서도 밤잠을 줄이고 주말을 포기한 채 '공부'하고 있는가?
아무것도 이루지 못한 채 보낼지도 모르는 몇 년의 시간 동안 백수라는 누명을 쓰고 가족과 주변 사람들의 '따가운 시선'을 견뎌낼 수 있는가?
퇴근과 주말이 존재하지 않는 무한대의 근무 시간을 견딜 '정신력'과 '체력'이 있는가?
향후 2년간의 '주간 계획'과 필요한 '예산 내역', 그리고 그것을 확보할 수 있는 방법에 대해 꼼꼼하게 계획할 수 있는가?
모든 것에 실패했을 때 '현재의 내 자리'로 돌아올 수 있을 만큼 지금의 자리가 확고한가?
무엇보다 그 일을 하는 것이 '행복'한가?

이 모든 질문에 'YES!'라 답할 수 없다면 어떤 출중한 재주가 있더라도 그냥 죽 회사를 다니는 것이 나을지도 모른다. 이 정도의 마음가

짐 없이는 프리랜서의 'ㅍ'도 시작할 수 없기 때문이다. 나도 7년 동안 경험해봐서 알지만 회사원이라는 직업 역시 아무나 할 수 있는 건 아니다. 회사 생활을 제대로 하려면 대단한 성실과 끈기, 무난한 사회성이라는 꽤 어려운 조건들이 필요한데 그것도 적성에 맞아야 할 수 있는 일이니까.

나의 경우엔 위의 질문들에 모두 'YES'라고 답할 수 있었고, 꽤 꼼꼼한 계획과 근거를 알 수 없는 확신까지 갖고 있었음에도 불구하고 모든 것이 쉽지 않았다. 계획을 세웠어도 계획대로 되지 않는 일들이 지천이었고, 모든 일은 오롯이 혼자 감당해야 했으며, 내가 내린 결정이 타당한지 아닌지 상의할 동료도 없어, 매일매일이 밤길을 외롭게 달리는 마라토너 같았다. 지친 사이에 약해진 마음의 틈을 비집고 막막함이나 두려움이 몰려왔고, 그때마다 계속 나아갈 힘도, 다시 돌아갈 용기도 없어 눈물을 흘리기도 했다.

물론 그 과정을 거쳐 이제는 나름대로 안정적인 프리랜서의 삶을 살고 있기는 하지만 지금이라고 쉽기만 한 건 아니다. 한 번의 수업을 위해 레시피 테스트를 수십 번 하고도 불안한 마음에 잠을 설치고 클래스 수강생이 조금이라도 줄면 가슴이 철렁 내려앉고, 밤샘 정도는 거뜬한 일상을 보내고 있다. 그래도 여전히 가깝게는 이번 달에 내야 할 관리비와 재료비 걱정에 멀게는 퇴직금 없는 미래를 걱정하며 지낸다.

물론 답은 없다. 다만 내 몸을 움직이지 않으면 절대 아무것도 손에 쥐어지지 않는다는 프리랜서의 생존법을 인지하고, '자급자족'이 농경 시대나 귀농한 다운시프트족을 위한 단어가 아니라 바로 현존하는 프리랜서들의 생존법에 딱 맞는 표현이란 것을 실감할 뿐이다.

프리랜서들은 놀고 싶을 때 놀고 일하고 싶을 때 일하는 사람이 아니라, 남들 놀 때도 일하고 남들 일할 때도 당연히 일하는 사람들인 것 같다. 가만히 앉아서는 밥을 먹을 수 없는, 공짜로 얻을 수 있는 게 하나도 없는 인생들이다. 출퇴근 만원 지하철만 타지 않을 뿐, 분명 숨 쉴 틈도 없이 일하는 사람들이다. 오늘의 밥상 위에 올릴 밥 한 그릇을 위해서는 모내기부터 시작해야 하는 사람들이 프리랜서고, 원하는 것을 얻기 위해서는 무엇이든 직접 발로 뛰고 시간을 쪼개가며 늘 공부하고 미래를 계획해야 한다. 심지어 아파서도 안 되는 사람들이 프리랜서들이다. 나 말고는 대체 인력이 없으니까.
그러니 자신의 소소하고 안정적인 회사원으로서의 일상을 너무 폄하하지 말기를, 막연하게 프리랜서의 프리한 생활을 동경하다가 아무런 대책이나 계획 없이 사표를 던지지 말기를, 회사원으로 평화로운 정년퇴직을 꿈꾸며 살아가는 것도 나쁘지 않은 선택임을 꼭 말해주고 싶다.

라자냐의 불친절한 키친

"요리하는 사람들은 다들 식당 열고 싶어 하지 않아?"

"난 아냐. 왜 사람들은 내가 언젠가 식당을 차릴 거라고 생각하지?"

나는 요리하고 사람 만나는 것을 좋아하지만, 그렇다고 식당을 열고 싶지는 않다. 식당이란 요리하고 사람 만나는 것을 좋아하는 동시에 계산에도 밝은 사람이 해야 하는 일이다. 나는 계산에 몹시 서툴고, 그러다보니 그 자체가 귀찮아 가능하면 피하려 든다. 일반 기업들처럼 전문경영인을 두지 않는다면 내가 차린 식당은 평소 영업 때보다 훨씬 성대한 폐업 파티를 치르며 한 달 안에 망할 가능성이 크다. 손바닥만 한 식당에서 전문경영인으로 일하려는 사람도 없을 것 같고. 퇴근이 너무 늦다는 것도 내가 식당을 열고 싶지 않은 이유 중 하나

다. 보통 식당은 오전 11시 반에 문을 열고 밤 10시쯤 닫는다. 중간에 브레이크타임이 있긴 하지만 말이 '브레이크'지 재료를 다듬고 저녁 장사 준비를 하느라 더 바쁠 게 뻔하다. 식당의 휴일이래봤자 보통 일주일 중 월요일 하루뿐이고, 남들이 다 노는 주말과 공휴일에 제일 열심히 일해야 한다. 사실 나는 그걸 가장 참을 수 없다. 퇴근 시간에 맞춰 저녁 7시쯤 친구들과 술 한잔 기울이는 즐거움이나 가족들과 함께하는 주말 식사 모임을 절대로 포기하고 싶지 않다. 그런 하찮은 이유나 대다니 게으르다고 흉볼지 모르겠지만 어쩔 수 없다.

많은 사람들이 내가 날 때부터 프리랜서였는 줄 알지만, 사실 난 스물여섯부터 서른두살까지 출근길 지하철에서 서서 조는 내공을 쌓아온 평범한 회사원이었다. 오히려 평범을 넘어 거의 칠팔 년간 줄기차게 주말과 공휴일을 반납하며 출근했고, 평일에도 늘 밤 11시가 되어야 퇴근할 수 있었다. 칠팔 년의 근무시간이 평범한 직장인의 20년치와 맞먹을 정도였다.
그때 나는 일중독자의 심각한 전형으로, 진심으로 일 외에는 아무것도, 심지어 나 자신도 돌보지 않았다. 정서적인 보상이 전혀 이루어지지 않는 회사생활이 7년차에 접어들자 어느새 난 일에 지쳐 목적을 잃고 피폐해진 채로 빈껍데기만 남게 되었다. 그때에서야 '남'이나 '알량한 월급'을 위해서 나의 인생과 내 주변 사람들과의 행복한 시간을 희생하는 것이 과연 옳은 일인가에 대해 고민하기 시작했다. 그리고 나는 사표를 던졌다. 다시는 그 끔찍한 궤도 안으로 돌아가지 않으리라 다짐하면서.

난 내 의지가 아닌 한 늦은 밤의 퇴근도 싫고, 주말의 출근도 싫고, 늘 반복되는 공간도 싫고, 이를테면 '계산'처럼 내가 잘하지 못하는 일까지 어쩔 수 없이 해야 하는 상황이 싫다. 그런데 식당을 열게 되면 그 모든 것을 매우 열심히 해야 할 것이 분명하다. 게다가 손님은 왕이라는 이유로 겪어야 하는 감정노동의 피곤함까지 감내해야 할 텐데, 나는 그럴 생각이 손톱만치도 없다.

그래도 만에 하나 식당을 차리게 된다면, 대로변에서 되도록 먼 주택가 뒷골목에 아주 조그만 가게를 차리고 싶다. 어차피 가진 돈이 별로 없어서 그럴 수밖에 없겠지만, 행여 어쩌다 돈이 많이 생긴다 해도 식당이라곤 없을 것 같은 조용한 주택가 골목길 끝에서 노란 불빛 하나가 반짝이는 게 보이면 그게 내 식당이라고 손님들에게 말할 수 있는 그런 곳에 차리고 싶다. 천장은 낮았으면 좋겠고 창문은 하나 정도면 괜찮은데 가로가 긴 대신 높이는 좀 낮아서 창밖에 눈이 내리는 풍경을 예쁜 액자처럼 담을 수 있는 곳이면 좋겠다.

내가 문 열고 싶은 날에 문 열고, 닫고 싶은 날엔 사정없이 닫아버릴 것이다. 매일매일 그날 아침 처음 들었던 음악의 느낌이나 그날 하늘의 색깔에 따라, 그날 물 좋은 재료에 따라 메뉴를 정할 뿐, 애초에 메뉴판 따위는 없는 테이블 두어 개짜리 식당을 하고 싶다. 그간 국적 불문의 요리를 즐겨 만들던 경험을 살려 전 세계의 다양한 음식들을 '라자냐식'으로 해석해 손님들에게 맛보일 수 있을 것 같다.
그리고 가끔은 내가 손님을 위해 요리하는 대신 손님에게 요리를 맡기고 싶다. 그게 불어터진 라면이라 할지라도 내 부엌을 마음 편하게 맡길 만한 손님들만 내 식당에 왔으면 좋겠다. 어쩌면 만화 『심야식당』에 나오는 마스터의 밥집과 비슷할 수도 있겠지만, 나는 그렇게 매일 꾸준히 문을 열 생각이 없고 사람들의 뜬금없는 요청에 맞게 척척 요리를 만들어낼 생각이 없는 데다, 내 요리를 탓하는 사람들에게는 몹시 심통을 부릴 것이라는 점에서 마스터의 '심야식당'보다 훨씬 불친절한 식당이 될 것 같다. 사실 이미 그 불친절한 식당의 이름도 정해놨다. Lasagna's Kitchen.

솔직히 말하자면…….
혹시 몰라서, 언젠가 식당을 차릴 수도 있겠다는 생각에 한 3년 전쯤 내 식당에 어울릴 법한 도메인을 하나 사두긴 했다. 정말로, 혹시 몰라서 사두었을 뿐이지 결코 식당을 열 생각은 없다. 정말이라고.

라자냐의 쿠킹 테라피

"요즘엔 학생들이 클래스 끝나고 돌아가면서 '잘 배우고 갑니다'가 아니라 '잘 먹고 갑니다'라고 인사해. 수업하러 오는 것 같지 않고 꼭 식당에 오는 것 같다나."

"식당 한번 차려봐 그럼."

"식당 하기는 싫고. 근데 프라이빗룸 같은 건 괜찮을 것 같아. 딱 한 테이블 정도 예약 받아서 원하는 요리를 해주는 거지."

"근데 사람들이 그런 스타일의 식당을 좋아할까? 수요가 있으려나."

"어차피 수업 없을 때만 할 거니까 수요야 없으면 그만이고. 근데 내 수업 듣는 수강생들이랑 같은 취향을 가진 사람들이라면 좋아할 것 같아. 수강생들이 그러더라. 내 클래스가 '마음의 위로'가 된대. '치유의 힘'이 있다고도 하고."

"어떤 점이 그럴까?"
"그건 나도 모르겠어. 내 클래스에서 만든 요리가 특별히 남다른 건 아닌데…… 그냥 나랑 취향이 잘 맞는 사람들이 모인 덕분인 것 같아. 처음 보는 수강생들끼리도 얘기가 아주 잘 통하고, 여기서는 뭔가 각자의 진심을 내보여도 괜찮겠다는 생각들을 하나봐."
"그럼 프라이빗룸을 그런 콘셉트로 하면 되겠네! 라자냐의 부엌에 오면 마음이 치유됩니다, 이런 식으로. 쿠킹 테라피라고 할까. 라자냐의 부엌에는 행복을 주는 요리가 있는 거야. 함께 요리를 배워봐도 좋고 네가 만들어준 요리를 먹어도 되고. 음식을 먹고 얘기를 나누면서 마음의 위로를 받는 거지."
"괜찮다."
"이런 거 사업으로 한번 구상해볼까? 나도 은퇴 후 계획을 세워보곤 하는데, 치킨집보다는 쿠킹 테라피가 좀더 의미 있을 것 같아."
"좋은 생각이네. 긍정적으로 생각해봐야겠다."

과연 언제쯤 실현할 수 있을지, 정말 가능한 일인지는 모르겠지만, 어쨌거나 쿠킹 테라피 프라이빗룸은 내가 먼저 찜!

나란히 앉아 **밥 먹기**

사람들이 누군가와 함께 밥 먹는 것을 즐겁게 생각하는 이유는
그 사람과 마주볼 수 있기 때문인 것 같다.
마주 앉아 메뉴를 고르고 음식을 나눠 먹고
눈을 맞추며 얘기를 나누는 것.
우리는 누군가와 마주보는 데에서 기쁨을 느끼는가보다.
그래서 에리히 케스트너의 시집 『마주보기』도
많은 이들의 사랑을 받았나보다.

하지만 나는 마주보는 것보다는 나란히 앉아 먹는 밥이 더 좋다.
겨울이 시작되는 길목, 조금은 어둑한 이자카야의 바에 나란히 앉아
사케에 두부스테이크를 나눠 먹는 시간이라거나

골목길 작은 만두집에서 벽을 보고 불편한 의자에 나란히 앉아 중국 사람들이 빚어주는 만두와 볶음국수를 놓고, 해도 그만 안 해도 그만인 얘기를 나누며 낄낄거리는 시간이라거나 스시집 한구석에 나란히 앉아 하나씩 쥐어주는 초밥과 민어매운탕을 사이좋게 나눠 먹는다거나…….

마주 앉은 사이에 테이블이 놓이면
그것이 세상에서 제일 작은 테이블이라 할지라도,
손을 뻗어도 건너편에 닿지 않을 듯 아득한 느낌 때문에
마치 그 사이에 거대한 은하계가 놓여 있는 것 같다.
그래서 내가 하는 얘기,
마주 앉은 사람이 하는 얘기가
서로에게 미처 닿기 전에
우리 사이의 은하계로 빨려들어가버릴 것만 같다.
그래서 나는 어깨를 맞대고 나란히 앉아서 먹는 밥이 더 좋다.

굳이 눈을 맞추지 않으면 어때.
평소엔 자주 보지 못하는 누군가의 옆모습을
보는 것도 즐거운 일이잖아.
나란히 앉아 누군가와 밥을 먹으면

손을 잡고 그 은하계의 끝까지 걸어갈 용기가 생기는 것 같다.
어쩐지 아주 든든한 내 편이 생긴 것 같은 느낌도 들고.
아마 가끔 힘들면 기댈 수 있는 누군가의 어깨가
내 옆에 있기 때문인가보다.

그래서 누군가 식당을 새로 열 계획이라면
나란히 앉아서 밥을 먹을 수 있는 자리를
마주보고 앉는 자리보다 더 많이 만들어줬으면 좋겠다.
나란히 앉아 밥을 먹으며 느낄 수 있는,
우주를 다 품을 만큼의 따뜻한 위로를
모두가 알게 해줬으면 좋겠다.

도마에서 풍기는 히노키향

명절 즈음 제사 음식을 준비해야 하는 이 땅의 어머니와 며느리 들만큼 바쁜 사람이 택배 기사님들이다. 아무리 경기가 나쁘더라도 마음 담은 선물을 꼭 전하고픈 고마운 분들이 있기 마련이고, 이래저래 명절 치레를 피할 수는 없으니 다들 작은 선물이라도 준비하는 것 같다. 이왕이면 늦지 않게 선물을 전하고 싶은 마음은 누구나 마찬가지니 자정에 택배 기사님이 뜬금없이 택배 상자를 들고 벨을 눌러도 그러려니 이해해야 하는 때이기도 하다.

주차장에 늘어선 택배 차와 경비실 앞에 쌓여가는 선물 꾸러미들을 보며 회사에 다니지 않으니 명절에 받을 선물이 없다는 사실에 조금 쓸쓸해졌다. 그래봐야 개인의 성향이나 감성 같은 것은 전혀 고려하지 않은 스팸이나 식용유, 샴푸와 치약 세트겠지만(물론 살림에 생각보다 유용하게 쓰이긴 한다). 그래도 명절인데 남들처럼 납작하고 네모난 선물 상자를 들고 다니지 못하는 게 조금 섭섭했다. 그냥 내가 마트에 가서 조그만 스팸 선물세트를 하나 살까 잠시 고민할 만큼, 딱 그만큼 서운했다.

그러던 중 설날 이틀 전쯤에 생각지도 않은 택배를 받았다. 내 클래스의 첫번째 학생이어서 계속 가깝게 지내며 여러 가지 고마운 일도 많은 은진 씨가 보낸 설 선물이었다. 은진 씨는 내 어설펐던 클래스의 시작부터 지금까지 오랫동안 자리를 지켜주었는데, 어렵게 아이를 갖고 어엿한 엄마가 된 이후로는 다시 클래스를 찾지 못하는 중이었다. 나 역시 사는 일이 바빠서 시간이 흐르는 줄도 모르고 있었는데 지난 연말, 문득 은진 씨를 못 본 지 반년이 넘었다는 생각이 들었다. 아기를 낳았다는 소식을 듣고도 마땅히 축하 선물도 해주지 못한 게 기억나서, 연말이 지나기 전에 눈사람이 그려진 예쁜 통에 든 코코아 가루와 귀여운 기린과 거북이가 수놓인 아기용 손수건 두 장을 포장해 은진 씨에게 보냈다.
솔직히 나는 선물을 제법 잘 고르는 편이다. 상대방에게 꼭 필요한 선물이 무엇일지, 굳이 비싸지 않더라도 마냥 반갑고 내내 기억에 남는 선물이 어떤 것인지 잘 알고 있다. 원래 선물은 상대에 대한 온전한 이해에서 시작되니까. 누군가를 이해하지 않고 선물을 고르는 건

쉬운 일이 아니다.
그래선지 나는 아기 선물을 고르는 것에 유독 취약해 늘 헛다리를 짚는다. 아이를 낳아본 적이 없어서 진심으로 아기 엄마의 마음을 이해하기가 힘들기 때문이다. 은진 씨에게 보낸 선물도 헛다리를 짚었을 것이 분명한데, 은진 씨는 호들갑스러운 감사의 인사를 전했다. 나는 인사를 받고 멋쩍어 하다가 그래도 선물이 괜찮다니 다행이라 생각하고 있었다.

은진 씨가 보내 온 선물은 도마였다. 도마라면 나도 나무 도마, 플라스틱 도마, 세라믹 도마까지 종류별로 여러 개 가지고 있는데, 그녀가 준 건 나무 도마, 그중에서도 그냥 나무 도마가 아닌 편백나무로 만든 '히노키 도마'였다. 히노키는 색이 밝으면서 결이 곱고 우아한 일본산 고급 나무로 주로 스시집의 다치를 꾸밀 때나 온천에서 욕탕을 만드는 데 쓰인다. 히노키로 도마를 만들기도 하는데, 스스로 항균 작용을 하고 그 자체에서 피톤치드가 나오기도 해서 도마로 쓰기에 적당하다. 조금 비싼 게 흠이지만.
아마 은진 씨는 내가 이케아에서 산 3천 원짜리 플라스틱 도마를 자주 쓰는 걸 보고 선물을 고른 것 같다. 사실 나에게도 제법 좋은 두툼한 나무 도마가 있기는 했지만 무게 때문에 꺼내두고 쓰기가 부담스러워 바쁜 수업중에는 얇고 가벼운 플라스틱 도마에 먼저 손이 갔다. 속 깊은 은진 씨는 그게 못내 아쉬웠던가보다.

도마를 부엌에 갖다놓기 전에 잠깐 방에 두었는데, 놀랍게도 금세 히노키향이 방 안에 가득 차올랐다. 작은 도마 하나가 나무 향기로 실내를 꽉 채울 수 있다니.
히노키 향을 맡고 있자니 여러 가지 기억이 떠올랐다. 맛있는 식사를 설레며 기다리던 고급 스시집의 다치 냄새 같기도 했고, 어느 여름 유후인의 온천에서 즐긴 노곤하고 여유로운 휴식의 냄새 같기도 했으며, 그 위에 쪽파를 가지런히 올려놓고 날이 잘 선 칼로 통통 소리를 내며 썰어보고 싶은 마음이 드는 유년기 우리 집 도마의 냄새기도 했다. 그리고 앞으로 이 냄새를 맡을 때마다 은진 씨의 깊은 속내를 떠올리게 될 것 같았다.

엄청나고 긴긴 바비큐 파티

내 블로그 포스팅 중에 언제나 가장 폭발적인 반응을 얻는 건 바비큐 파티에 관한 포스팅이다. 쿠킹 클래스로 바빠지기 전까지 매년 봄 가을에 열었던 바비큐 파티는 내가 속한 식도락 동호회의 아주 중요한 연례 행사였다. 처음 시작은 각자 고기를 조금씩 준비해 와서 조그맣게 불을 피워놓고 단출하게 구워 먹는 것이었는데, 늘 먹는 것만 궁리하고 사는 사람들이 해마다 머리를 맞대고 바비큐 파티를 열다 보니 갈수록 메뉴가 진화해 점점 판이 커지게 되었다.

본격적인 바비큐 파티를 떠맡은 사람은 바로 나였다. 내가 요리를 전문으로 하는 사람인 데다가 잠깐의 백수 시절 동안 가장 한가한 사람이기도 했고, 무엇보다 항상 다른 사람들이 준비해온 어설픈 음식들에 훈수를 두며 까다롭게 굴었다는 것도 이유였다. 그래서 나는 차라리 잘됐다 싶은 마음으로 바비큐 파티 준비를 온전히, 그리고 기꺼이 도맡게 되었다.

내가 준비하는 메뉴는 꽤나 방대하다. 다품종 소량의 메뉴를 양껏 먹기 원하는 멤버들의 식성과 그들의 갖가지 요구 사항(아스파라거스를 감쌀 고기는 베이컨보다는 1밀리미터 내외로 썬 삼겹살이 좋다거나, 쇠고기의 두께는 4센티미터 이상이 되어야 구울 만하다거나, 소시지는 존슨빌의 치즈가 든 것으로 해야 한다거나, 내장이 신선한 오징어를 통으로 구워보자거나, 송이가 제철이니 미리 주문해야 하지 않겠느냐 등등)을 고려하다보면 어지간한 뷔페 상차림보다 큰 규모가 된다. 아는 것이 많아서 먹고 싶은 것이 많은 사람들을 위해 파티를 준비하는 건 사실 꽤 피곤한 일이다.

바비큐 파티의 첫 관문은 불 피우기다. 강원도에서 특별 주문한 참숯에 불을 붙이는 동안 우리들은 나초와 치즈, 딥을 얹은 채소 스틱에 샴페인을 곁들여 워밍업을 한다. 불이 제대로 오르기 시작하면 새우, 가리비, 전복이 첫번째 불판에 올라 우리의 식욕을 돋운다. 그릴 자국 선명하도록 구워진 달콤한 해물로 시작하는 깔끔한 애피타이저에는 화이트와인이 제격이다.
그다음은 두툼한 스테이크 순서다. 4센티미터 두께로 썬 스테이크 고

ORGANIC
GROUND
NUTMEG

CHUTNEY

기를 불에 척 얹어놓고 소금과 후춧가루를 뿌려가며 굽는다. 처음엔 센 불에 겉만 익혀 육즙을 가둔 다음 불이 약한 가장자리에서 미디엄 레어로 익힌다. 그렇게 공들여 구운 고기를 썰어 한입 베어 물면 마치 입속에서 방울토마토가 터지는 것처럼 툭 하고 육즙이 느껴진다. 숯불향이 잘 밴 고기의 육즙에 살짝 녹아내린 마블링의 고소함이 더해진다. 스테이크의 황홀한 맛은 레드와인을 끝없이 부른다.

스테이크를 다 먹고 나면 잠깐 쉬어가는 순서로 채소의 향연이 펼쳐진다. 얇은 삼겹살로 만 아스파라거스, 색색의 파프리카, 오일을 바른 도톰한 가지, 그리고 버섯. 마당 있는 집에 웨버 그릴을 갖춰놓고 싶다고 간절히 바라게 된 것도 숯불에 고기를 구워 먹었을 때가 아니라 고기보다 더 맛있는 채소를 먹은 후였다. 색색의 채소들을 불에 구워내면 그 달콤한 풍미가 살아나 먹는 즐거움이 더해진다.

이때 구운 채소들로 즉석에서 피자를 만들어 먹어도 좋다. 토르티야를 약한 불에 올리고 초고추장을 살짝 바른 다음, 그 위에 구운 채소와 피자치즈를 얹는다. 토르티야가 바삭해지고 피자치즈가 살짝 녹아내릴 때쯤 잘라 먹으면 화덕에서 구운 이탈리아 레스토랑의 피자 따위는 우스워진다.

채소 구이로 잠깐 쉬었으면 이제는 돼지고기와 소시지 종류다. 돼지고기는 기름기가 많기 때문에 기름이 숯불에 떨어지면 연기가 심하게 나고 쉽게 그을려 씁쓸한 맛이 나기도 한다. 그래서 숯불이 약해질 무렵, 거의 마지막에 구워야 탈이 없다. 보통 돼지고기를 구울 때는 소금과 후춧가루를 뿌리는데, 이때 케이준스파이스를 함께 뿌려주면 좋다. 케이준스파이스의 매콤한 풍미가 돼지고기와 궁합이 잘 맞기도 하고, 다시 입맛을 돋우기 때문이다.

돼지고기가 익어가는 동안 그 옆에서는 소시지와 햄버거 페티를 굽는다. 그리고 다른 한편에서는 햄버거빵과 핫도그빵을 구워야 한다. 그렇게 즉석에서 만든 햄버거와 핫도그를 맥주와 함께 먹으면서 이런 놀라운 메뉴를 탄생케 한 우리의 집념에 대해 서로 칭찬을 아끼지 않는다.

고기를 먹을 만큼 먹었으니 이제 식사로 마무리해야 할 때다. 줄곧 고기로 배를 다 채웠으면서 무슨 소린가 싶겠지만, 곡기로써 식사를 마치는 것이 대대로 이어온 우리네 한민족의 식습관이 아니던가. 대한민국 사람들의 식사 마무리 메뉴로는 라면에 김치만 한 것이 없다. 라면을 끓일 때는 굽고 남은 해물을 좀 넣어주면 좋다. 이미 와인에, 맥주에, 소주를 마신 속은 뜨끈한 국물을 필요로 한다. 이럴 때 해물을 넣고 끓인 시원한 라면은 더할 나위 없이 좋은 해장국이 된다.

긴긴 바비큐 파티가 이렇게 막을 내린다. 물론 이러고도 다들 그냥 돌아가는 법은 없지만 공식적 행사는 이게 끝이다. 정리하면서 음식

그릇들을 거둬들이다보면, 그릇은 깨끗하게 비워졌지만 뿌듯함이 담겨 어느새 처음보다 더 무거워진 느낌이다. 적게는 열 명, 많게는 스무 명분의 음식을 기호에 맞춰 혼자 준비하는 것이 쉽지는 않지만, 파티하는 동안의 기쁨을 생각하면 견딜 만하다.
요리하는 사람들이 다 그렇겠지만 누군가의 입맛에 꼭 맞는 음식을 준비해서 그걸 맛보는 사람들이 즐거워하며 나를 한번 떠올려준다면 그걸로 꽤 행복한 일이 아닐까. 그래서 난 사람들이 음식을 차례로 맛보고 쑥스럽지만 은근히 듣기 좋은 칭찬을 나에게 건네는 순간을 고대하며 바비큐 파티를 준비하는 그 시간이 무척 행복하다.

한동안 바비큐 파티가 열리지 않았다. 내가 너무 바빠서, 고작 하루 반나절의 시간을 내기 어렵다는 이유에서였다. 올해는 연례 행사인 바비큐 파티를 다시 해보고 싶다. 식도락 동호회 멤버들의 까다로운 요구와 무서운 식탐이 조금은 그립다. 그들이 아니면 내 음식을 아무런 불평도 하지 않고 맛있게 먹어줄 사람이 없으니까.

나무젓가락을 가져오세요

쿠킹 클래스를 시작한 첫해, 뭔가 좀 재미나면서도 특별한 종강 파티를 하고 싶어 수강생들에게 '포트럭 파티'를 제안했다. 따져보면 아주 새로운 형식은 아니었지만, 동네에서 요리 좀 하신다는 분들이 모인 만큼 분명히 즐겁고 특별한 파티가 될 수 있을 것 같았다. 그래서 종강 파티는 나도 좀 편하게 즐겨볼 겸, 솜씨 좋은 수강생들이 손맛을 발휘할 기회도 줄 겸 포트럭 파티로 결정했다.

포트럭 파티는 각자 음식을 하나씩 가져와서 함께 나눠 먹는 방식으로, 파티의 호스트는 장소와 파티의 세팅, 때에 따라서 메인 요리 정도를 준비하면 된다. 손님들이 준비해온 음식들이 있어야 비로소 완성되는, 정녕 '파티'라는 이름에 걸맞은 모두를 위한 자리다.

그런데 요리에 자신이 있든 없든 간에 포트럭 파티를 앞둔 사람들은 부담부터 갖는다.
'뭘 만들어 가지?' 혹은 '다른 사람 요리와 겹치면 어떻게 해?'
어쩌다 사람들이 포트럭 파티 앞에서 그토록 주눅 들게 되었을까. 포트럭 파티 장면을 과도하게 포장해 싣는 럭셔리 잡지 탓일지도 모른다. 포트럭 파티는 '시폰 블라우스'나 '포크와 나이프'보다는, 오히려 '추리닝'과 '나무젓가락'에 가까운데 말이다.

포트럭 파티에 가져갈 음식이 굳이 대단한 요리일 필요는 없다. 그저 여러 사람의 허전한 속을 달래주며 마음 따뜻한 이야깃거리가 될 수 있는 음식이라면 뭐든 괜찮다. 설령 그것이 삶은 달걀이나 길거리에서 포장해 온 떡볶이일지라도 아무도 타박하지 않는다.
지금까지 포트럭 파티에 여러 번 참여해봤지만 신기하게도 같은 음식이 중복되었던 적은 거의 없다. 각기 다른 개성으로 꾸며진 애피타이저부터 샐러드, 메인 요리, 디저트까지 골고루 갖춰진다. 행여 비슷해 보이는 음식이라도 그 맛과 스타일이 모두 달라 지루하지 않다. 포트럭 파티에 초대되면 다들 어떤 음식을 준비해야 하는지 고민부터 하는데, 그럴 때마다 제발 아무 걱정하지 말라고 얘기하는 것도 다 이런 이유에서다.
포트럭 파티는 물감과 기름이 어울려 조화롭고 환상적인 이미지를 만들어내는 마블링 작품과 같다. 언뜻 어울리지 않을 것 같은 요리들이 만들어내는 오묘하고 멋스러운 조화. 나는 그렇게 차려진 포트럭 파티의 식탁이 좋다.

클래스 종강 파티를 포트럭으로 하자고 제안하자마자 예상대로 다들 뭘 준비하면 좋으냐고 난리가 났다. 하지만 막상 종강 파디 당일이 되자 그렇게 아우성을 치던 수강생들은 자랑스러움과 뿌듯함이 뒤섞여 좀처럼 표정 관리가 안 되는 얼굴들로 부엌문을 열고 들어왔다. 직접 만든 음식을 수줍은 듯 쓱 내밀 때 나는 그 속마음을 알아챘다.
'나 동네에서 요리 좀 하는 거, 너무 티 냈어?'
각자가 준비해 온 음식을 풀 때마다 마치 생일파티에서 선물 상자를 열어보는 것처럼 부엌은 환호와 탄성으로 몹시 소란스러웠다. 일본 양념 시치미를 듬뿍 묻혀 구운 참치 타타키, 데리야키소스에 조린 닭날개, 판자넬라 샐러드빵을 넣어서 만든 이탈리아식 샐러드, 라자냐, 을지로의 유명한 골뱅이집에서 배달된 골뱅이무침, 통통하고 야무지게 생긴 유부초밥, 심플하지만 깊은 맛이 있는 닭다리구이, 코스트코의 거대한 피자, 에그타르트와 쿠키, 달콤한 포도, 달지 않고 고급스러운 맛이 나던 양갱까지. 내가 이럴 줄 알았다. 여느 특급호텔 뷔페의 메뉴 플래너가 메뉴를 짰다 하더라도 이렇게 균형 잡힌 식단은 만들어내지 못했을 것이다.
내숭쟁이 수강생들은 각자 자신의 음식이 돋보이도록 접시에 예쁘게 담아 내고, 서로의 음식을 맛보며 레시피를 묻느라 정신이 없었다. 기분 좋은 소음들이 만들어내는 특유의 생기발랄한 즐거움이 부엌에 가득 찼다. 포트럭 파티에서만 만날 수 있는 순간이었다.

이렇게 다 같이 준비한 종강 파티는 홀가분하고 풍성했으며 즐거웠다. 누구도 부담 없이 술 한 잔에 수다를 떨 수 있는 시간이었다. 나 혼자 부엌을 들락거릴 이유도 없고, 학생들은 그런 나 때문에 가시방석에 앉은 것 같은 느낌을 받을 필요도 없었다. 미리 준비해 온 음식의 수만큼 시간과 자유를 덤으로 얻었기 때문이다.
파티가 거의 끝나갈 때쯤이었을까. 항상 수강생들에겐 존댓말을 해오던 나도 그날은 반쯤 말을 놓았던 것 같다. 그건 수강생들도 마찬가지였다. 물론 다음 수업 시간부터 다시 서로 깍듯하게 존댓말로 인사했지만…… 어쨌든 포트럭 파티에서의 시간이 내심 우리들 사이를 좀더 가깝게 해준 건 분명하다.

뾰족한 짠맛

나는 보통 책에서 얻은 모티브에 나의 상상력을 더해 레시피를 만들곤 하는데, 가끔은 인터넷에서 발견한 레시피에서 정말 반짝이는 아이디어를 얻을 때도 있다. 얼마 전엔 단감 카르파치오가 그랬다. 카르파치오는 육류나 생선을 레어로 익힌 다음 얇게 썰어 드레싱을 얹어 먹는 애피타이저인데, '단감 카르파치오'는 단감을 껍질을 벗겨 약간 도톰하게 썰고, 다진 양파와 피망, 토마토에 오일과 레몬즙, 소금으로 간을 해 만든 드레싱을 듬뿍 뿌린 것이다. 만드는 수고에 비해 맛이 정말 훌륭하고 품새도 예뻐 이 요리에 단박에 반해버렸다. 여러 레시피를 모아 테스트하고 수정한 끝에 내 마음에 꼭 드는 최종 레시피를 완성해냈다. 그리고 내 레시피 노트에 이렇게 적었다.

Bella Viva Orchards
Lemons
No Sulfur
$10.00 lb
Nutrition Facts
Why we love it...
Bella Viva Orcha

"단감 카르파치오의 드레싱에 넣는 레몬즙은 식초나 플라스틱 통에 넣어 파는 게으른 레몬즙 대신 반드시 진짜 레몬의 즙을 짜서 넣을 것. '끝이 둥글고 달콤한 향기가 나는 신맛'을 가진 진짜 레몬즙은 식초나 가짜 레몬즙을 넣은 드레싱보다 완성도가 높다. 제과점에서 파는 5천 원짜리 복숭아맛 샴페인과 뵈브 클리코, 딱 그 정도의 차이."

나는 '둥근 신맛'이나 '뾰족한 짠맛' 같은 표현을 자주 쓴다. 멋을 내거나 특이해 보이려고 그러는 게 아니라, 그냥 정말 그렇게 느껴지기 때문이다. 맛의 둥글고 날카로운 느낌에 따라 음식의 분위기가 달라지고, 그 달라진 분위기에 따라 완성도가 좌우되는 법이다. 그래서 클래스에서도 종종 이런 표현을 쓰곤 하는데 학생들 중 누구도 그것을 불편해하지 않고 찰떡같이 알아듣는 것을 보니, 내 착각일지 모르겠지만 이것만큼 명쾌하게 맛의 느낌을 표현할 수 있는 방법은 없는 것 같다. 물론 누구나 이런 표현을 선호하는 건 아니겠지만.

요리책을 쓰다보면, 책에서 다루는 각각의 요리에 대해 부연설명을 덧붙여야 하는 경우가 있다. 종종 '둥근 맛과 날카로운 맛'과 같은 방식의 표현을 써 넣곤 하는데, 그럴 때마다 담당 편집자들이 곤란해했다. 내게 돌아온 교정지에는 과일주스에 소금을 미량 넣으면 '단맛이 단단하게 안정된다'거나 간장으로 간을 한 음식에 맛의 명료함을 더하기 위해 소금을 넣으면 '끝이 살아 있는 짠맛이 나서 좋다'라고 쓴 문장에 늘 빨간색 줄이 그어져 있었다. 왜 그런 표현을 썼는지에 대해 편집자에게 설명했지만 (물론 그렇게 적극적으로 하지는 않았다. 설명해서 이해시킬 수 있는 사람이라면 애초에 빨간 줄을 그어놓지 않았을 테니), 편집자는 이해가 가지 않는다며 '일반적인 표현'을 원했고 결국 나는 '과일주스에 소금을 미량 넣으면 맛이 더 좋아져요'라는, 내 입장에선 몹시도 무미건조한 방식으로 요리를 설명해야 했다.

그 당시 편집자의 말대로 레시피는 문학이 아니지만, 문학(이라기엔 좀 거창하지만)처럼 쓴 레시피가 왜 환영받지 못하는지 모르겠다. 나는 실제로 요리를 하면서 둥글거나 뾰족한 맛 말고도 두툼한 두께가 느껴지는 국물, 긍정적인 마음을 가진 빵의 질감, 동글동글한 스튜의 맛, 미련한 떡볶이의 맛을 느낀 적이 있다. 그런데 두툼하고 동글동글하고 미련한 것을, 사실과 다르게 표현해야 한다니 그것처럼 난감하고 하기 싫은 일도 없다.

그동안 요리선생으로 살면서도 늘 변변치 않은 요리책밖에 내지 못해 내 스스로 만족할 수 있는 요리책을 딱 한 권만 내보고 싶다는 바람이 있었는데, 몇 번의 요리책을 낸 끝에 이젠 기회가 있더라도 더이상 내고 싶지 않게 되었다. 물론 '뾰족한 짠맛' 같은 표현을 이해해줄 수 있는 출판사가 있다면 다시 한 번 생각해볼 수도 있겠지만.

손끝으로 오는 행복

요리하다 손가락을 쑹덩 잘랐다.
살점이 깊이 떨어져나가 피가 멈추지 않는다.
칼을 너무 날카롭게 갈아두었나보다.

아물 때까지 시간이 오래 걸릴 거라 했다.
너무 깊이 잘라내 새살이 자라기 힘들다고 했다.
한동안 물 같은 건 절대 닿아서는 안 된다고 했다.

이런 상태로는 할 수 있는 것이 별로 없다.
청소는 안 하니 좋고, 빨래도 귀찮았는데 이참에 잘됐다.
근데 요리를 못 하니 살 수가 없다.

크리스천들은 기도를 하면 응답을 듣는다 했다.
나는 크리스천은 아니지만 기도했다.
그리고 잘린 손끝에서 깨달음의 응답이 왔다.

나의 기쁨은 음식을 만드는 일이요,
내 손이 그것을 도우니,
나의 손가락에서 나의 모든 행복이 비롯된다.

새로운 것도
멀리 있는 것도 아닌,
행복은 내 손에 있다.

추억은, 별미

초판 인쇄 | 2012년 11월 28일
초판 발행 | 2012년 12월 6일

지은이 | 강선옥
펴낸이 | 강병선
편집인 | 이수은
책임편집 | 박혜미
디자인 | 정연화
마케팅 | 방미연 정유선
온라인 마케팅 | 김희숙 김상만 이원주
제작 | 서동관 김애진 임현식
제작처 | 미광원색사(인쇄) 창림P&B(제본)

펴낸곳 | (주)문학동네
출판등록 | 1993년 10월 22일 제406-2003-00045호
임프린트 | 톨

주소 | 413-756 경기도 파주시 문발동 파주출판도시 513-8
문의 | 031-955-2690(편집부) | 031-955-2688(마케팅) | 031-955-8855(팩스)
전자우편 | toll@munhak.com

ISBN 978-89-546-1971-4 (03810)

• 이 도서의 국립중앙도서관 출판시도서목록(CIP)은 e-CIP홈페이지(http://www.nl.go.kr/ecip)와
국가자료공동목록시스템(http://www.nl.go.kr/kolisnet)에서 이용하실 수 있습니다.
(CIP제어번호: CIP2012005473)

www.munhak.com